SHANGHAI LITERATURE & ART PUBLISHING GROUP

故事会
精品系列

悬疑故事

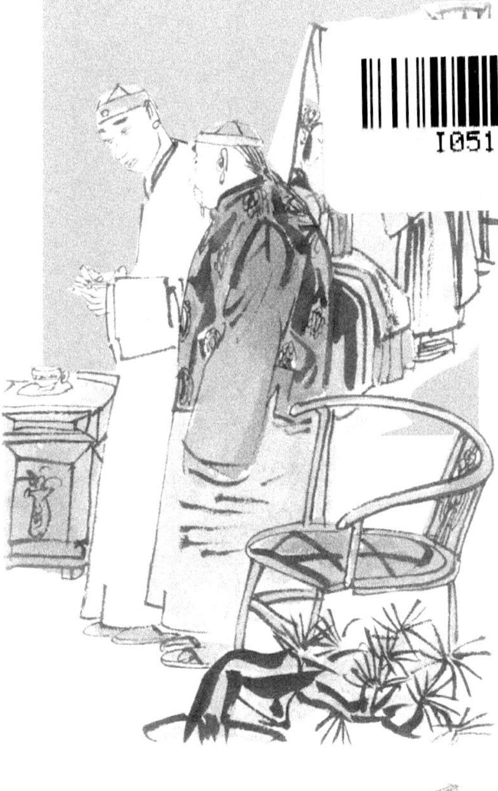

I0517289

上海锦绣文章出版社
上海故事会文化传媒有限公司

上海文艺出版（集团）有限公司

图书在版编目(CIP)数据

悬疑故事 《故事会》编辑部编 – 上海：上海锦绣文章出版社
（故事会精品系列） ISBN 978-7-5452-0268-7

Ⅰ.①悬...Ⅱ.①故...Ⅲ.①故事 作品集 中国 当代 Ⅳ.I247.8

中国版本图书馆 CIP 数据核字 (2009) 第 028896 号

丛 书 名：故事会精品系列

书　　名：悬疑故事

主　　编：何承伟

编　　委：何承伟　　吴　伦　　姚自豪　　夏一鸣

责任编辑：刘迎曦　　鲍　放

装帧设计：王　伟

责任督印：张　凯

出　　　版：　上海锦绣文章出版社

　　　　　　　上海故事会文化传媒有限公司

POD 海外发行：　中国图书进出口上海公司

　　　　　　　电话：021–36357888

　　　　　　　传真：021–36357896

　　　　　　　地址：上海市虹口区广中路 88 号

　　　　　　　邮编：200083

海外 POD 发行版本　　　　　　　　　　　　　**版权所有·不准翻印**

 上海故事会文化传媒有限公司 出品 (00246)　www.storychina.cn

STORIES

目　　录

疑 象 背 后

我们判断一个人的情况，不能只看开头，还应该看到结尾。

校长从此不养羊

　　刘辉是晚报记者,这天去大山深处的山背村采访,走到半山坡时,看到一个衣衫破旧的放羊少年,正坐在草地上入神地看一本书,他身旁,一群山羊在悠闲地吃草。

　　刘辉心中不禁一动:今天既不是周末又不是节假日,这个年龄的孩子,照理现在应该在学校上课,他怎么会在这里放羊? 他边想边走了过去,一瞧,少年手里拿的是一本语文课本。

　　刘辉摸着少年的头,关切地问:"是不是家里穷,读不起书?"

　　那少年抬起头,奇怪地看着刘辉,摇摇头说:"我没有读不起书啊,我正在村里读小学。"

　　"哦!"刘辉点点头,"原来是学校放假。"

　　可谁知少年却又摇了摇头,说:"没有放假,同学们都在上课哩!"

刘辉一听纳闷了,疑惑地问:"那你怎么不去上学,倒在这里放起羊来?"

少年笑嘻嘻地解释说:"我们这是轮流帮王校长放羊。嘿,今天轮到我了!"

"什么? 帮校长放羊?"刘辉吃了一惊,校长居然明目张胆地叫学生在上课时间替他去放羊? 惊异和气愤的同时,职业敏感让刘辉意识到,这是一条不能错过的新闻线索,他决定去学校看看。

刘辉走进村小学的时候,正赶上课间休息,他看到一个老师模样的人正走出教室,便上去招呼说:"老师,我路过这里口渴得很,想找点水喝。"那老师特别热情,马上就去提了个水瓶来,又招呼旁边一个学生去拿茶碗。

趁这个机会,刘辉抬起头来,四下打量了一下这个学校。说是学校,其实也就是几间破教室,而且一眼望去,教室里那些课桌椅更破旧。刘辉心说:也难怪,碰上这么个校长,学校还怎么搞得好?

那老师见刘辉这么瞧着,不好意思地朝他笑笑,脸上的神情显得有些无奈。

正在这时候,去拿碗的学生跑回来了:"王校长,给。"

啊? 他就是王校长? 刘辉一听学生喊"王校长",心里暗自庆幸自己刚才没有暴露身份,于是就边喝水边故意和王校长聊自己的一路见闻,自然把话题引到了半山坡上的羊儿。

谁知王校长一听刘辉提到那些羊儿,竟然掩不住满脸喜色,说:"那些羊儿长得不错吧? 不瞒你说,那地方的草特肥,我特地让孩子们把羊儿赶到那里去放,嘿嘿! 就希望来年卖个好价钱哪!"

刘辉真没想到这个王校长居然还能讲出这样的话来,那沾沾自喜的神情简直让人受不了。不过,刘辉表面上却不动声色,假意又和王校长聊了一会,才离开学校。

回报社以后,刘辉连夜赶写了一篇文章,题目就叫:校长的羊学生放。他把文章往总编桌上一放,就又忙着去做县教育系统先进教师表彰大会的采访准备了。

三天之后,刘辉准时赶到表彰大会会场。他故意没有和主办人员打招呼,而是坐在台下,他觉得这样挺好,想找人聊聊什么的,挺方便。

很快,会议就正式开始了。程序基本上是老一套,领导讲话、代表发言……毫无新意可言,刘辉甚至觉得,这样的会议,就是不到现场采访,也能写出漂亮的报道来。

可谁知,紧接着的颁奖仪式开始,当刘辉看到那些先进教师被一一请上台的时候,他却惊得嘴都合不拢了。为啥?他看到台上站着的一排先进教师中,居然也有山背村小学那个叫学生替他放羊的王校长!正手捧着锦旗,对着闪光灯咧嘴笑哩!

刘辉不由怒火满腔,恨不能立刻上去把王校长给揪下来。这样的校长也上台领奖,这不是蒙人吗?

可刘辉忍住了。他想了想,果断地走到主席台前,向工作人员亮出自己的记者证,说:"我想采访一下台上这位山背村的王校长,可以吗?"

工作人员一听,立刻把刘辉带到他们的主任面前。

主任姓"何",一听刘辉说要采访台上的王校长,特别高兴,说:"记者同志,你可真会选,这王校长正是我们先进教师典型中的典型啊!"

刘辉沉着地点点头:"能不能现在让我上台去采访他?"

"怎么不行?我们就是希望你们报纸能多多宣传我们这些好老师,他们太不容易啦!"何主任说着,亲自把刘辉送上主席台,并示意王校长留在台上接受采访。

王校长猛看到刘辉,显得有些吃惊:"你……"显然,他马上就认出了这个曾经向他要过水喝的人。

刘辉站在台上,丝毫不怯场,对着话筒"单刀直入":"王校长,你手里的这面锦旗,一定也有放羊学生的功劳吧?"

台下的人都被刘辉这没头没脑的问话镇住了,鸦雀无声。

王校长却尴尬得脸涨得通红,嗫嚅着说:"我、我是不想让学生去,可……可……"

刘辉看王校长语无伦次的样子,再也忍不住了,拔高喉咙说:"王校长,无论你想还是不想,事实上,你作为一校之长,居然叫你的学生在上课时间轮流帮你放羊。你敢说这不是事实?"

王校长顿时就愣在了台上:"我……我原本……原本是想自己……自己去放羊……"

刘辉一听王校长这吞吞吐吐的回答,更是气不打一处来:"你是校长,怎么总想着你的那几只羊呢?"

这时候,台下炸开了锅,人们三三两两地议论起来。

刚刚把刘辉送上台的何主任,见此情景急了,立刻一个大步跳到台上,从刘辉手中夺过话筒,神情激动地对全场说:"请大家静一静。本来,我们今天是想对王校长进行重点表彰的,可王校长坚决不同意。现在既然刘记者说到了这个问题,干脆我来说说吧。"

刘辉不知道何主任葫芦里卖的什么药。

只听何主任说:"王校长是山背村小学的校长,其实,也是这个学校唯一的老师,因为山背村地处偏僻,条件又特别差,所以一直没有老师愿意到那里去教书。王校长一个人给几个年级的学生上课,他心里很清楚,单凭他一个人的努力,是无论如何也没法带好这些学生的……"

刘辉不明白何主任为什么要说这些话,难道这就可以成为让学生替校长放羊的理由吗?

他刚要张口,何主任用眼神示意他耐心地听他继续说下去:"县里的教育资金非常紧张,去年拨给山背村小学仅有的一点钱,都用来修缮教室了。于是今年,王校长就用自家的屋作抵押,又向别人赊了几十只羊羔,指望把它们养肥了好拿到集上尽量卖个好价钱,他是想用这些钱去为孩子们聘请一个教师,来教给孩子们更多的东西。他的孩子们听说能有新老师来,于是就都争着要去放羊,因为要是王校长自己去的话,就没人给他们上课了……"

刘辉听到这儿惊呆了,他万万没有想到,自己一篇没有经过深入调查的文章,背后竟藏着这样一个感人至深的故事。

刘辉不知道自己是怎么走出会场的,只记得向王校长道歉的时候,王校长还不好意思地握握他的手。走出会场之后,刘辉没有回报社,他给总编打电话要求撤稿,然后就迈开大步朝山背村小学走去,他要到那些放羊的孩子们中间去,真正去了解他们心目中的好校长。

据说,表彰会后,一名县城小学的年轻女教师,主动申请去山背村小学教书,而且不要额外的报酬。不久,一篇《校长从此不养羊》的感人报道,轰动了四里八乡……

(楼 蓝)

(**题图**:安玉民)

谁的脸上有玫瑰

　　阿辛的媳妇叫玫瑰,玫瑰长得很漂亮,阿辛很爱她,一心想让她过上好日子。阿辛对玫瑰说:"我想出去打工,等挣了钱回来,就能让你有好衣服穿,有好首饰戴。"可玫瑰不同意,她说:"咱不去。两个人你守着我、我守着你,要多好有多好。"

　　阿辛也舍不得让漂亮的媳妇独守空房,可他又不想就这么死守着,钱是不会从天上掉下来的呀,没钱就得过苦日子。所以在一个夜里,阿辛终于离开了玫瑰。玫瑰早上醒来后,眼泪"簌簌"地往下落。别人给玫瑰出主意,让她去找阿辛,玫瑰说:"他连个信儿都不留,我上哪儿去找他呀?"

　　阿辛走了一年多也没回来,而玫瑰却莫名其妙地有了身孕。这件事在村子里传得沸沸扬扬,大伙儿都在私下议论:"玫瑰的男人没回来过,她肚子里怀的是谁的种?"

大伙儿很想知道和玫瑰好的男人是谁,可玫瑰现在很少走出家门,也不知道她整天在家里做些什么。村子里的女人约玫瑰看电影,她不去;约玫瑰赶庙会,庙会上还有城里的歌舞团表演节目,可她还是不去。玫瑰才结婚时可不是这样的,那时候她最爱看电影、赶庙会了。大伙儿十分诧异,而最让人料想不到的是,玫瑰竟然把肚子里的孩子生下来了,还是个大胖小子!

那天,阿辛回来了,刚进村,就有人给他报信儿:"别看你一年多没回来,你媳妇在家可没闲着,生了个大胖小子。"阿辛听了,一句话都没说,只是往家走;走进家里,又"砰"的一下狠狠地关上了门。

大伙儿全都悬着心。胆小的说:"可别闹出人命!"胆大的说:"咱们撞开门进去看看吧,这事搁哪个男人身上能扛得动?"

就在大伙儿齐心协力准备要撞大门的时候,阿辛却自己打开了门。阿辛的脸上显得十分平静,他说:"孩子是谁的,谁的脸上就有玫瑰的影子。这孩子的底细我知道,你们走吧,别费心了!"阿辛出奇的平静,倒使那些人大为惊奇,见没什么热闹好看,大伙儿也就散了。

几天后,一辆汽车开进了村里,停在阿辛的家门口。从车上下来一位西装革履的中年男人,头发一闪一闪地发亮,脚上的皮鞋也一闪一闪地发亮。好几个女人挤过来,想看看这个男人究竟长得什么样,可男人戴着一副宽边的墨镜,没人能看清他的脸。

阔绰的男人在门口和阿辛谈了几句"天气不错"之类的闲话,然后就大步走进了阿辛的家。那样子,简直就像是进自己家门一样。阿辛的几个本家兄弟看不下去了,他们走到阿辛跟前,对阿辛说:"莫非玫瑰生的孩子是他的?哼,看他那大摇大摆的熊样儿,你还不快去给他放放血?""这家伙欠揍!偷人家的老婆,居然跟没事人儿一样!"

阿辛听了眼一瞪,说:"你们可别胡来!谁的脸上有玫瑰,我搭眼一看就知道,他脸上可没有玫瑰的影子。"

"阿辛,你是不是气糊涂了?你不动手,你还是男人吗?"

阿辛摇头:"你们也不想想,要真是他,敢这么张狂?"

阿辛正说着,那个西装革履的男人抱着孩子大摇大摆地从屋里出来了,一边走,一边嘻嘻笑着,嘴里还嘀咕:"我儿子!我儿子!"

阿辛的那些本家兄弟实在忍不住了,抬腿就要冲上去,却硬被阿辛拉住了。只见阿辛低眉顺眼地跑过去,替那男人拉开车门,护着他把孩子抱上车,然后谦恭地一直看着车子开没了影儿,才转过身来。大伙儿看着阿辛这副模样,真有些丈二和尚摸不着头脑。这算咋回事呀?他们搞不懂阿辛葫芦里卖的是什么药。

第二天,阿辛就悄悄走了,这一走就是三年。

三年后,阿辛回来把玫瑰接走了。阿辛在城里为玫瑰买了房子,还买了车子,两口子终于过上了梦寐以求的城里人的生活。可尽管如此,玫瑰的脸上却一点笑模样都没有。

玫瑰对阿辛说:"我宁可不要这一切,只想要回我的儿子。"

阿辛一听,连忙捂她的嘴:"莫提儿子,莫提儿子,万一走漏风声,就闯大祸啦!唉,咱们以后再生一个,再生一个就是了。"

"生生生!什么时候?老板是拿钱买自尊,我们是拿自尊卖钱。"玫瑰说着,禁不住眼泪汪汪。也许是老天故意惩罚,来城里这长时间了,玫瑰就是没能再怀上孩子。

三年前,那个接走孩子的男人,是阿辛的老板。那老板没有生育能力,却十分忌讳外人知道他的这一隐疾,于是他用钱买通阿辛,导演了那场和玫瑰"私通"的假戏。其实,阿辛和玫瑰才是孩子的亲生父母……

（刘黎莹）

（题图:安玉民）

没见过的东家

　　赵阳和老家几个兄弟搭班进城搞装修,已经有五年多了,也算做出了名气,找他们干活的人家接连不断。

　　这天上午,赵阳他们正在给一户人家干活,一个戴眼镜的白面书生找上门来。"眼镜"问赵阳:"有个一百八十平米的装修,想请你们干,怎么样? 干好了,可以付比市场高一倍的工钱。"赵阳一听有这么好的事,心里挺高兴,和兄弟们一商量,就答应了下来。随后,他们加班加点把这户人家的活做完,就正式接了眼镜的活。

　　那是一套两层半的复式房,赵阳他们刚进门,眼镜就一本正经地宣布"三大纪律":第一,不该看的不看;第二,不该问的不问;第三,不该说的不说。赵阳他们都是老实巴交的手艺人,平时东家就是不规定什么纪律，他们也会本分地干活，可现在被眼镜这么一宣布，心里就有点被监督劳动的滋味。

眼镜说完后，从包里拿出一张设计图给赵阳他们看，随后又领着他们楼上楼下转，对着设计图不断讲要求。最后，眼镜让赵阳给开一份装修用料清单，搞一个预算。赵阳和兄弟们认认真真地计算了一下，又对照眼镜的设计图仔细商量了之后，把清单开了出来。

眼镜一看，问赵阳："材料价格你们是按什么算的？"赵阳猜想眼镜是怕他们做手脚，就解释说："我们开的都是正规厂家合格产品的平均价，可能会与市场价有点距离，但差价不会太大。"眼镜听赵阳这么解释，喉咙立刻响起来："材料怎么能用大路货呢？哪怕一颗螺丝钉，也要用市场上最好的！"

原来他是嫌把价格做低了！赵阳还真没见过这么大方的东家。不过此刻他最担心的，倒是以后东家怎么给自己付工钱。经验告诉他：越是有钱的东家，有时候会越小气。就怕到时候东家玩名堂！

可能是眼镜看出了赵阳的顾虑，他拍拍赵阳的肩，说："工钱的事你们尽管放心，只要做的活让老板满意，一切都好商量。房子在，你们还怕我走人？"听这口气，敢情这眼镜还不是东家！不过他既然这么说，也算是给赵阳他们吃定心丸了。

为了能拿到高一倍的工钱，赵阳和兄弟们把浑身的手艺都使了出来。工程进展十分顺利，眼镜每天来看一次，虽然没说什么，但看得出对赵阳他们做的活儿很满意。

到了第十天，晚上快要收工的时候，眼镜又来了，并且带来了一个五十多岁的胖男人。只见这胖男人楼上楼下四处瞧，嘴里不住地说"好"，看完就走了。瞧那眼镜陪在旁边毕恭毕敬的样子，赵阳猜想这胖男人一定是东家了。

果然第二天眼镜来的时候，给赵阳他们带了一沓子钱："老板说了,你们活儿干得不错,这些天的工钱先付给你们,每人另外再加一百元伙食补贴。"赵阳接过钱一点,果真比市场一般装修价多了一倍。

拿钱的时候心里自然高兴,可赵阳冷静下来细一想:我们不就是和平时一样干的吗,为什么东家会对我们这么大方?赵阳把心里的顾虑和兄弟们一说,大家都有同感。可如果放着这么丰厚的待遇不要,说实话大家又舍不得。于是商量来商量去,大家决定还是手里抓紧些,赶早把活做完,结账走人。于是,赵阳他们开始了没白天没黑夜的日子,死命地干了起来,结果一个月不到,真就把活儿基本抢下来了。

这天,眼镜带了两个人来,赵阳认出一个就是上次来的胖男人,还有一个是打扮得花枝招展的年轻女人,看上去不过就是二十来岁的样子。三个人楼上楼下转了一圈,好像眼镜和胖男人都在看这个年轻女人的脸色。这女人是谁?看上去不像是胖男人的老婆嘛!当然,赵阳只是在心里这样猜测着。

他们仨看了不到半个小时就走了,随后不到十分钟,眼镜就匆匆回来,要请赵阳他们出去吃饭。看来,赵阳他们做的活儿,在女人那里通过了!

赵阳他们以往给东家干活,从来不蹭人家的饭,哪怕东家递来一碗白开水,他们都要说声"谢谢"。今天眼镜要请吃饭,赵阳思前想后迟疑不决,怕吃了人家嘴短,以后有些话就不好说,有些账就不好算了。可眼镜一个劲儿地给赵阳解释:"请你们吃饭是老板的老板的意思。老板的老板对你们干的活满意,他心里高兴,一高兴就请吃饭,天天高兴就天天请。"

老板的老板?是那个年轻的女人?好像又不像!

看赵阳和他的兄弟们还在犹豫,眼镜说:"你们天天吃馒头夹大葱,啥劲呀?出去开开荤吧,别害怕,又不要你们付钱,吃完了抹嘴走路就是了。你们要真不去,我们在老板的老板面前也不好交待呀!"眼镜把话说到这个份上,看来不去也不成,赵阳于是便朝兄弟们点点头,大家就跟着他出了门。

说实话,进城打工五年多,下馆子吃饭还是第一遭,又是那么气派的地方,真把赵阳他们镇住了,这阵势哪儿见过呀!眼镜点的那些菜,尽是他们从来没听说过的山珍海味,盘子里的那些虾子,一个个还都是活蹦乱跳的;一小瓶啤酒,倒出来才一杯,就要十二元;一盒香烟,比街边那小店里卖的要贵五倍!啧啧,有钱人平时就这么吃,那他们过年还吃啥?赵阳真觉得后半辈子的吃福,今儿个都享尽了。

直到吃得肚子溜圆的时候,眼镜站起来说:"咱们撤吧,好菜还在明天呢!明儿晚上还是这个时间,咱们还在这里吃。"

赵阳和兄弟们一听,愣住了:明天还吃?莫不是眼镜吃糊涂了吧?赵阳对眼镜说:"东家和你这么客气,我们实在消受不起,我们活儿也干得差不多了,如果没什么事的话,再有个两三天就可以结束了,不如你把工钱给我们结了,我们……"

"哎,你们急什么?"眼镜推了推架在鼻梁上的眼镜,说,"你们放心,东家的脾气就是这样,你们不吃白不吃,为什么不吃?明天我去接你们。"

果然第二天晚上,眼镜真的开了辆小车来接赵阳他们了。赵阳看着眼镜这阵势有点犹豫,一个兄弟头一挺说:"去!不去人家会说我们不识抬举,我就不信东家会把我们吃了?"另一个兄弟也点点头:"去就去,一顿是吃,两顿也是吃。"他们边说边就出了门,赵阳只好也跟了出去。

就这样,吃了一顿又吃一顿,整整吃了三天。最后那顿吃完,眼镜把余下的工钱全部给了赵阳,还特意给每人加了五百元的奖金。

走出饭馆的时候,眼镜已经晃晃悠悠有些站不住了,他没敢自己开车,叫了辆车回家。临走的时候,他突然回头对赵阳说:

"有句话我要告诉你们,'三大纪律'可别忘了!"

牢记"三大纪律"有什么难的,赵阳他们本来就是替人打工、拿人工钱的,活干完走人不就是了?倒是这次打工居然有这么好的待遇,这是赵阳他们怎么也没想到的。

一晃三个月过去了,真巧,这个住宅小区的另一户人家阳台漏水,要赵阳他们帮忙去整一下。干活时,主人和赵阳闲聊,说以前见过赵阳在这里装修房子。赵阳心里立刻记起眼镜宣布过的"三大纪律",于是便推说客户多记不清,什么也没敢多说。那主人却快言快语地告诉赵阳,那家一百八十平米大房子的老板出事了。原来那房子装修完不久,就有个发疯似的婆娘跑来大闹一场,说她男人在这儿养小情人,结果事情越闹越大,最后老板给关进去了。那老板是一个什么集团的董事长,每天花天酒地,拿成捆的钞票给小情人当菜上,买房和装修用的都是集团的钱。那家伙现在正被隔离审查呢,听说犯下的罪判死刑都够!

果然有名堂,这不,出事儿了!赵阳和兄弟们对望了一眼,这才明白当初老板的老板为什么放着高级的装修公司不请,要请赵阳他们这样的散工接活,而且这么客气地对他们,其实就是怕败露了他们的事情啊!赵阳暗暗吐着舌头,庆幸当初及时收了工,要不万一被卷进去,那麻烦可就大了。

晚上干完活出来,赵阳和兄弟们特地悄悄绕到那座180平米房子的楼里去看,果然那防盗门上贴着又长又宽的大封条。赵阳心里扑腾开了:替这种人做事,算不算也是拿了黑钱、吃了黑饭?想起进城那会儿,娘拉着自己的手千叮咛万嘱咐:"凭真本事干真活,千万别去做黑人的事。"赵阳简直不敢再往下想了……

(李学民)

(题图:安玉民)

打不开的防盗门

天华广告公司的总经理林之洋，最近一直在琢磨一桩事情：他所在的古道小区，几乎家家都被小偷光顾过，而且损失惨重，可是独有一户姓方的人家，却秋毫无犯。论经济实力，论住房气派，方家在小区里绝对数一数二，可为啥小偷就不去他们家呢？难道是方家有什么独特的防盗术，还是他们和小偷另有一手？

林之洋决定探个究竟。

方家男主人是一家产品创意公司的老总，人们习惯喊他"方总"。这天晚上，林之洋特地换上黑衣黑裤，悄无声息地溜到方家，竖起耳朵四处听听，未见有异常动静，于是便拿出一把小撬棍，往院门铁锁上轻轻一别，那锁随即应声而开……

林之洋的这一套动作完成得干脆利落，看得出来，他不仅是个熟手,而且是个高手。嘿嘿,说实话吧,这林之洋别看他是总经理,其实原来也干过小偷的行当,只不过金盆洗手已有很长时间了。这一回,他是在冒险重新做贼。

换了几次工具之后,林之洋就顺利打开防盗门,进了方家。他不禁心里起了疑:这么轻易地搞几下就能破门,小偷不会不懂,为什么偏偏不上他家来? 这里一定有名堂。

他正这么想着,只听"咔嗒"一声,防盗门在他身后自动关上了。他于是便轻手轻脚地走过客厅。林之洋此行目的并非捞钱财,他是好奇,很想弄清楚小偷为什么不来此地光顾的原因,所以他的眼光拼命往房间上下、四角打量。然而令他始料不及的是,就在此时,突然从他身后伸出一条腿来,把他跘了个狗啃泥。还没等他反应过来,就有个人重重地扑上来,把他双手反剪了,掀倒在地。

林之洋一时动弹不得,心里暗暗叫苦:"完了,今天要栽在这里了!"

骑在他身上的那个人低声警告道:"要命的话,就别出声……"

林之洋丈二和尚摸不着头脑:抓贼从来都是大喊大叫的,而这人却叫我不要声张。这是怎么回事? 不过,他脑子马上就反应过来:这人肯定不是方家的,而是和自己一样,是个贼。而那人在搞清了林之洋的身份之后,也放开了他。

林之洋揉着酸痛的胳臂,苦笑着说:"兄弟,咱们真是有缘呀!"

"唉,"那贼叹了口气,"老兄,咱俩这回是同命相怜啊! 你不知道,我呆在这里都已经三天了。"

"什么,三天了? 你也太嚣张了!"

"不是我太嚣张,而是我走不了。"

原来,这贼是被锁在这里的,关键就在那扇防盗门上。别看它与别的防盗门没什么两样,其实厉害得很,进来的时候好像撬锁开门很容易,可再想打开,却比登天还难。

"有这么厉害?"林之洋不信。

那贼哭丧着脸说:"为开这个门,我都折腾好久了。唉,看来只好再等两天。不过两天之后,就只有进看守所的份了。"

林之洋一愣:"你这话什么意思?"

那贼摸索了一阵,递给林之洋一张纸条。林之洋打开手电,一看,上面写着:敝人有事外出,未能尽地主之谊,请原谅。不过我在冰箱里已备下粗茶淡饭,足够你吃五天的。哦,对了,这里再提醒阁下一下,请不必在房门上浪费时间和力气了。因为它是我们公司刚刚研制出来的新产品,嘻嘻,没有主人的密码和钥匙,谁也别想打开。

林之洋哪里肯信,走到防盗门前,使出自己平生所能,然而大半天过去了,防盗门纹丝不动。这下林之洋慌了:自己现在已经是总经理了,真要出不去,以后还怎么见人?怎么做生意?

林之洋急得在房间里乱蹿,想赶紧从窗户里跳出去,因为方家在二楼,跳下去不会死人。然而,他很快就失望了,因为方家的每一扇窗户,都是用铝合金焊接的,简直就是铜墙铁壁、牢不可破。

却说那贼坐在沙发上,看到林之洋蹿进蹿出的,挖苦道:"你就别忙活了,你能想到的办法我都试过。唉,等着做瓮中之鳖吧!"说着,他熟门熟路地走进厨房,打开冰箱,拿出一些食物,又从柜子里取出一瓶酒,对林之洋说:"兄弟,咱们还是老老实实喝个一醉方休吧!"

林之洋还不死心,可是他在方家所有的房间里转东转西地转了无数个来回,也想不出什么招儿来,最后只好叹着气跑回厨房,抓起桌上的酒杯,与那贼你一口、我一口地借酒消愁。不知不觉间,他们两个人就晕晕乎乎地睡过去了……

一觉醒来,林之洋发现方总不知什么时候已经坐在了他对面的沙发上,正笑眯眯地看着他。

方总轻轻吐着烟圈,嘲讽他道:"想不到啊,堂堂总经理也干鸡鸣狗盗的勾当。"

林之洋又羞又愧,无话可说,重重叹了口气,浑身像抽了筋似的。

方总看着他,说:"身上没劲是不是？为了留你们多住几天,我在酒里稍稍下了点药。可谁知你们两个都是不要命的,竟喝掉我两瓶洋酒,这酒钱可得你总经理出呀!"

林之洋这才明白,怪不得自己睡得那么沉、那么久。他四下看看,发现就他和方总两个人,那贼呢？接下来,方总是不是就要把他往派出所送？

方总似乎看懂了林之洋在想什么,说:"那贼,我已经送派出所了。至于你,"他诡秘地一笑,"我不想把你往火坑里推,我要是一声张,你就全完了。我不忍心呀!再说,我也不相信你这堂堂的老总,会干这营生,这其中定有蹊跷。不过,我倒是很想搞清楚原因何在,你能不能告诉我呢?"

林之洋的眼睛顿时湿了,紧紧握住方总的手,把自己此行目的以及自己的过去,一五一十都说了出来。

"哦,原来你是'贼性不改'呀!"方总打趣道。

林之洋羞愧地低下了头:"以后,我是无论如何也不会再这么干了,请你相信我。而且方总,你放心,那酒钱我肯定会付给你的!"

"哈哈哈哈……"方总一听,乐得大笑起来。

几天后,当地晚报打出了一个整版广告,内容极具故事性,说是有一小偷入室盗窃,不料进得去却出不来,被关在屋里五天,最后束手就擒,原因就在于这家房主装了某公司最新研制的"玉猫牌"防盗门。据厂家称,这种防盗门有个特性……

（吴吉烛）

（题图:谭海彦）

照相机里有鬼

赵彬是个天生胆小谨慎的人,可偏偏好奇心特别重。

这天下班后,他刚走出公司,就被一个戴墨镜的人给拦住了:"先生,要不要照相机? 数码的,很便宜,我急着用钱,只卖两百块。"赵彬一听这么便宜,猜想他准是骗子,要不这东西就是偷来的,所以就没有搭理。

谁知"墨镜"追上来,对他说:"你可以先看看嘛,来路绝对没问题,我可以给你看发票。我也是因为急着用钱,才出手的。再说,这相机有特殊功能,我就是想卖给你。否则,别人给两千我还不一定卖呢!"

赵彬听他这么说,好奇心被勾了起来:"有什么特殊功能?"

墨镜神秘地笑笑:"你买回家试试就知道了,天机不可泄露。"

赵彬拿过照相机,翻来倒去地看,可实在看不出什么名堂。

墨镜说:"我不骗你!你回去一试,就知道它有什么特殊功能了。不过有一点你记住,必须是你一个人在房间里的时候试。"

赵彬听他说得这么神秘,想想不就是两百块钱嘛,玩个好奇也值,于是就掏钱买了下来。

回家后,赵彬放下提包就迫不及待地掏出照相机,对着自己试拍了一张,然后赶紧看图像效果。咦?他觉得很奇怪:怎么自己头像旁边有两行小字?放大了一看,竟然是:鬼魂无处不在,只是常人看不到罢了。此机有拍摄鬼相功能,请慎用!

赵彬平时就怕人家说什么鬼啊怪啊的,这下神经立刻紧张起来。他忍不住对着前面沙发又拍了一张,这回看图像时,吓得嘴都合不上了:沙发上出现了一个狰狞的男人面孔,眼睛、鼻孔、嘴巴都流着血。

"妈呀!"赵彬吓得惊叫起来,把照相机丢在了沙发上:难道这屋子里有鬼,只是自己看不到?

正当他不知所措的时候,他的新婚妻子韩丹回来了。

韩丹见沙发上有个数码相机,好奇地问:"怎么突然想起买相机了?"

赵彬怕吓着她,连忙掩饰道:"是一个同事托我替他保管的。你别动!"

韩丹看他怪怪的样子,揶揄道:"不过一个相机而已,你干吗这么紧张啊?"

赵彬连忙解释:"别人的东西嘛,自然要格外当心。"一边说,一边就把相机锁进了抽屉。

韩丹有点不开心:"不会是给哪个……拍照了吧?"

赵彬明知道韩丹误会了,可他没有心思给她多解释。

一晚上,赵彬都不敢往沙发上坐,总觉得自己走到哪,那个沙发上的鬼就会跟到哪。后来,赵彬实在受不了了,就对韩丹说:"我们搬家吧,搬到你们公司附近去,你不是一直嫌上班远吗?"

韩丹看赵彬心神不定的样子,不解地问:"你怎么啦? 当初我说要搬,你一直说搬家太麻烦,怎么现在又突然想起要搬了?"

赵彬支支吾吾说:"那时……那时……反正你明天就找房子吧,我们尽快搬。"

还好韩丹没再追究,一切顺利,周末的时候,他们已经搬到新租的房子里了。

不过赵彬还是有些不放心,找了个韩丹不在的时候,拿出那个照相机,在房间里"咔嚓"又拍了一张。谁知一看图像,他吓得一屁股跌在了沙发上:图像上又出现了一个鬼,是个伸着长舌头的女鬼,披头散发的样子。天哪,难道到处都有鬼? 他吓得再也不敢乱拍了。

就是这两张鬼照片,把赵彬好端端的生活给搞得一团糟,工作的时候精神恍惚,回到家里更是恐慌,完全是失魂落魄的样子。

这天吃晚饭的时候,韩丹突然放下筷子,幽幽地对赵彬说:"你肯定有事瞒着我。如果你真有什么想法,就直接说吧!"

赵彬听出了韩丹的话外之音,真是哭笑不得,他不知道该不该把照相机的事对韩丹实话实说,便吞吞吐吐地问道:"丹,你相信鬼吗?"

"你瞎说什么呢?"韩丹不高兴地撇撇嘴说,"要我说,有鬼的话,也是你自己心里有鬼!"

赵彬一听,摇摇头,把已经到嘴边的话咽了回去。他告诉韩丹,自己什么想法都没有,让她别胡思乱想。

第二天是星期天,同事小雷过生日,请赵彬几个到家里喝酒。赵彬偷偷把那个相机带了去,趁大家都在喝酒的时候,悄悄来到里间,对准小雷的床照了一张,一看图像,天哪,一个穿清朝官服模样的僵尸鬼出现了。

赵彬忍不住把小雷喊进屋,悄悄提醒道:"你这屋里不清静,有鬼!"

谁知小雷听了哈哈大笑:"你什么时候成巫师会看鬼了?"

赵彬认真地说:"真的,你是看不到的!"

小雷有些不高兴了:"我看你最近老心神不定的,反倒说我家里有鬼。你到底想干什么呢?做人可不能心里有鬼!"

赵彬再没心思继续喝酒了,他急急地从小雷家告辞出来,没有回家,而是直接去了公司。趁星期天办公室没人,他要去证实一下,公司里是否有鬼。一试,竟然鬼影子没了,不过照片上却又出现了两行字,放大了一看:晚上独自到荷花街189号去,你会获得神奇的力量。记住,只能你一个人去!

赵彬心里越发害怕了,但也更加迫切地想知道接下来到底会发生什么事情。他思来想去,还是决定立刻赶过去。

走在路上的时候,韩丹打来一个电话:"你在哪儿啦,我刚才打电话到小雷家,小雷说你先走了,怎么这么多时候也没见你到家?小雷还说要我多关心关心你,到底发生什么事儿了?"

赵彬不知道该怎么回答,就随口说:"我要去公司拿样东西,一会儿就回去,先挂了吧。"

电话那头,韩丹沉默了一下,没再说什么。

赵彬来到荷花街的时候,一眼就看到187号,按说再往前走几步,189号应该就在眼前了,可是奇怪,往前是一片废墟啊!赵彬向一个过路人打听,回答说:"189号以前是殡仪馆,搬走了。"赵彬听了,吓出一身冷汗。

赵彬也不知道自己是怎么回家的,进门后发现韩丹不在,打她的手机也关机了。他这下急了:莫非家里闹鬼了?他抓起衣服就出门去找。还好,在街口他们经常光顾的一家大排档里,赵彬找到了韩丹,正独自坐那儿喝酒呢,已经喝空了两个酒瓶子。

赵彬赶紧跑过去,刚要开口,韩丹朝他嚷开了:"你别告诉我你去哪儿了，我也不想知道。不就是想分手嘛，何必这么遮遮掩掩？"

周围的人都看着他们，赵彬根不能找个地缝钻进去。

可韩丹却不管不顾，继续嚷着："你根本没去公司，为什么要骗我呢？你真以为我嫁不出去啊？哼……"

赵彬知道韩丹喝多了，硬把她拽回了住处。他知道，现在再不说实话，两个人就只有"拜拜"了。于是，便一五一十对韩丹说了事情的来龙去脉。

刚开始，韩丹还有些迷迷糊糊，可是很快，她酒就醒了。

她抓过相机拍了一张，然后一看图像，果然有个鬼影子。不过，韩丹并没有像赵彬想象中那样吃惊和害怕，她若有所思地点点头，对赵彬说："明天把相机给我用一天吧！你放心，我一定帮你把这个鬼除了。"

赵彬本想阻拦，担心韩丹闹出更大的事来，可又怕因此引起她瞎猜疑，只好点头答应。

第二天，下班的时候，赵彬刚走出公司大门，韩丹就迎了上来，把相机往他手里一塞，说："你看看，那天卖给你相机的人，是不是他？我今天约他见面时偷拍了一张，他旁边也有鬼呢！"

赵彬一看，果然是那个卖给他照相机的人，吃惊地问："你认识他？"

韩丹笑着说："你要是早和我说，这鬼早就除了。他是个搞程序设计的，我以前的一个网友，我跟他明说了咱俩的关系，他还死乞白赖地追我，居然在照相机上捣鬼，用这种怪招来吓唬你，真卑鄙。不过，你怎么连这也相信？真是个傻瓜！"

赵彬听韩丹这番解说，总算松了口气，挠挠头，自言自语道："原来，他才是鬼啊！"

（原上草）

（题图：刘斌昆）

暗恋酒精男人

　　单身汉常久金嗜酒如命,在办公室里有"酒精男人"的雅号。这次喝酒喝得胃出血,住进了医院,他的同事们来医院看望他,男的大多送补品,女的大多送花篮。同事们走后,常久金闲得无聊,便一个个欣赏起女同事送的花篮来。

　　当常久金拎起那个最漂亮的花篮时,他意外地发现,花篮里有一张小纸条,上面写着两行隽秀的字:你的健康,牵动着我的心扉。祝愿心上人,早日康复! 落款处竟然写着一个小小的"萍"字。

　　常久金看得怦然心动:办公室里有三位女同事名字里有"萍",是其中的哪一位在向自己示爱呢? 他拿着纸条,心猿意马地躺在病床上,渴望那个"萍"会再次来看他。可是等来等去,直等到出院那天,也没见哪个"萍"来,这让常久金好不郁闷。

出院上班之后,常久金便留心起办公室里的那几个"萍"来。果然,他发现其中一个叫"胡萍"的,基本上独进独出,估计还没有男朋友,于是便向她发起了进攻,借工作之机,有意跟她多接触。嘿,有爱情的感觉就是不一样,现在常久金就是滴酒不沾,人也变得精精神神的了。

到了周末这一天,常久金正式向胡萍发出邀请,说晚上想请她出去吃饭。胡萍一愣,颇感意外:"你……有事吗?"常久金朝她神秘地笑笑,说:"到时候你就知道了。你可一定要答应我呀!"常久金真诚的脸上写满了期待,胡萍便点头应了下来。

酒店一角,常久金早早地就坐在那里等胡萍了,面前的小圆桌上,放着一束正含苞欲放的玫瑰花,显得浪漫而又温馨。不一会儿,胡萍到了,很自然地在常久金对面坐了下来,一看桌上的花,随口问道:"搞得这么浪漫呀,还有谁要来?"

常久金站起身,跨出座位,单腿跪地,将玫瑰花往胡萍面前一递,结结巴巴地说道:"萍……我,我爱你!"

胡萍闻言吓了一跳,她怔怔地望着常久金:"你……你今天好像没有喝酒吧?"

常久金连连摇头:"我没有喝酒。我知道你对我好,我也喜欢你,请接受我的求爱吧!"

胡萍吓得脸都白了:"这怎么可能呢,我已经有老公了啊,你难道不知道?"

常久金闻言,如五雷轰顶:"不可能,你别骗我。要不,怎么你每天都是一个人进进出出的?"

原来如此!胡萍赶紧拉起常久金,轻轻解释道:"我老公在外地工作,我们结婚已经一年多了。"

常久金心里好不失落。可他还不死心,他掏出珍藏在自己贴身口袋里的那张曾经放在花篮里的纸条,问胡萍:"这是不是你写的？这到底是怎么回事？"

胡萍接过纸条一看，摇摇头说："肯定不是我写的！"

"不是你，那会是谁？你们明明知道我单身，为什么还要给我开这样的玩笑？这不是搞恶作剧嘛！"常久金说到这里，眼圈也红了。

胡萍于心不忍。为了彻底把事情彻底搞清楚，她索性打电话把几个男女同事都叫来，问他们到底是谁跟酒精男人开这种玩笑。同事们接过纸条一看，一脸的糊涂，都一口咬定绝对不是自己干的。

常久金和这些同事相处，也不是一年两年了，所以他们说没干，他相信那就是真的没干。让同事们蒙受不白之冤，常久金不禁有点尴尬。可问题是，除了这些同事，就再没有什么人送过花篮了，这到底是怎么回事呢？

正在这时，酒店的悬挂式电视里在播放一则新闻："时下，人们去医院探望病人，喜欢送上一个花篮，以此来祝福对方早日康复。但是最近发现，少数医院里的黑心护工，竟瞄准此情，与花店老板互相勾结，将病房中撤掉的花篮送回花店，整理后重新卖给顾客。这种从病房中流出的花篮，极易传播病菌，有交叉感染的危险……"

"啊？"看到这里，大家几乎是不约而同地惊叫起来，"一定就是这二手花篮惹的祸！"

（李如有）

（**题图**：谭海彦）

亲密伙伴

　　故事发生在伦敦,当时,第二次世界大战刚刚结束。

　　这天上午,市中心的金帝王饭店里客人络绎不绝。这时,从自动门外踱进来一个老人,他穿着体面,头发灰白,最引人注目的是他戴着一副墨镜,左手牵一只狗,右手握一根探路用的竹竿。那只狗始终不离他左右,狗是黑色的,就像墨染过的一样,体形高大,一副王者之尊,只是动作有些迟缓,明显衰老了,但可以想象出它当年的威武和矫健。

　　"早上好,先生。这里是金帝王饭店,我是大堂服务员。需要帮忙吗?"一个彬彬有礼的服务生紧跑几步走过来,垂手站立。

　　"早上好。我要一个单人房间,住三个晚上。"老人停住脚步,扭过头,面向着刚才那个声音。

"愿意为您效劳。可是按照我们饭店的规定,狗不能跟您住在一起。"

"什么？我和艾伦必须在一起。谁也不能把我们分开！"老人本能地拉紧了牵狗的绳子,似乎有人要把狗从他手里抢走。

服务生耐心地解释:"我们专门有人照顾狗,而且是免费的。您在房间内外有什么困难,工作人员随时会给您提供帮助,但就是不能把狗带到房间里去。金帝王饭店的服务是一流的,我们有我们的规定。"

"我离不开艾伦,艾伦也离不开我。求你了,规定是死的,事是人办的,你就通融一下吧。艾伦绝对不会惹麻烦的,它非常守纪律,非常聪明,有的方面甚至比人都聪明。"老人恳求道。

服务生态度很坚决:"这里是伦敦,别的地方可能可以,到了二十一世纪可能可以,过五十年、一百年可能没有问题。可是现在,在金帝王饭店不行。实在对不起了,先生。"

双方各执己见,争执不休。他们的声音一阵大、一阵小,吸引了很多围观的客人,饭店总经理也循声走过来了解情况。

老人把探路用的竹竿从右手移到左手,用右手推了推鼻梁上的墨镜,然后在空中来回试探着抓住总经理的胳膊:"总经理先生,求求您了,您就可怜可怜一个瞎子吧,一个在可怕的战争中失明了的瞎子。"老人的声音颤抖了,他脚旁的狗用鼻子来回嗅老人的鞋子,将前爪搭在老人的裤腿上,发出"噢噢"沉闷的叫声,似乎也在为主人求情。

围观的人无不向老人投去同情的目光——所有这些,老人当然是看不见的。

总经理思考片刻,说:"好吧,我们就破例一次,"他对旁边的服务生说:"带这位先生去登记。"

人们这才散去,这些人中有《泰晤士报》生活版的记者汉德,他从头到尾目睹了这一切。

做完一天的采访,汉德回到饭店的客房,开门时忽然听到隔壁传来狗的叫声,原来老人和狗就住在他的隔壁。汉德从心底里同情这位因战争失明的老人。和成千上万的人一样,汉德也是战争的受害者,在战争中,他失去了两个哥哥和一个弟弟。

汉德下楼的时候从那位老人的房间经过,下意识地朝门里看了一眼。门只开了一道缝,缝隙不大,但足以看清楚里面,汉德先生看了个目瞪口呆,里面的一切他做梦都想不到:房间开着大灯和台灯,那个灰白头发的老人坐在桌旁,狗在他身边。老人手捧一本书,正在仔细阅读,墨镜放在桌子上。

究竟是怎么回事? 汉德吃惊不已。开大灯,可以说是给狗照亮。那么台灯呢? 狗也需要台灯吗? 老人的眼睛很明亮,跟常人一样。汉德也听说过睁眼瞎,有的盲人的眼睛外表上挺正常,就是视而不见。可是他怎么还能看书呢? 特制的盲文书是用手摸的,而眼前这个老人明明是在用眼睛看!

汉德的胸中顿时涌起一团怒火。这个骗子,简直令人发指! 为了达到个人的一点小小目的,不惜利用人们的善良,骗取人们对战争受害者的同情。

一定要揭穿这个丑恶的骗子,职业的敏感驱使汉德非要把事情弄个水落石出不可。他敲门而入,老人慌乱地把书收好,表情极不自然。

汉德强压怒火,礼节性地招呼道:"您好,先生,我住在您隔壁。很高兴认识您。"

"非常荣幸跟你住隔壁,年轻人。"

汉德单刀直入,两道犀利的目光直射对方的双眼:"今天早上我在大厅见过您,正巧听到您与饭店服务员的争吵。可是您刚才怎么还看书呢?"站在老人的对面,汉德仔细看,老人的眼睛很明亮。

"既然你发现了秘密,我就告诉你。年轻人,请坐。"老人手指一把椅子，"我撒了一点谎，我不是瞎子。"

老人开始讲述他的故事："我的确参加了战争，我是上校军官，经过无数次炮火的洗礼。艾伦是条战功卓著的军犬，它出生入死执行过无数次艰巨的任务，巡逻警戒，传递情报，搜索敌情，追捕敌人。我非常喜欢艾伦，我们形影不离。本来我和艾伦都到了退役的年限了，可是后来……要是没有艾伦，我就成为炮灰，追随我的部下去了。"老人抚着艾伦，眼神中露出无限慈爱。

不知什么原因，汉德想起了阵亡的两个哥哥和一个弟弟，他的心中顿时充满了酸楚，不知什么原因，刚才的愤怒和鄙夷此刻却烟消云散了。

老人说："那天我在阵地上勘察地形，丝毫没有意识到危险的来临。这时一发流弹飞来，我还没有反应，或者说来不及反应，可身边的艾伦急了，它怒吼一声，前爪腾空而起，后腿全力一蹬，把我扑到地上——就像每次抓敌人一样。"

汉德聚精会神地倾听，瞪大眼睛。

"艾伦刚趴到我身上，炮弹就炸了。只听'轰隆'一声巨响，眼前到处是炫目的强光，冲天的气浪把我和艾伦推出十米远……"老人缓缓地讲着这一切，眼圈一红，眼泪"扑簌簌"地流了下来。他身边的艾伦仰起头，咬着冷冷的牙，发出声声长啸，似乎也在追忆当年驰骋沙场的光辉岁月，回忆起一幕幕壮怀激烈的战斗场面。

汉德听罢长长出了一口气，说："我全明白了，艾伦屡立战功，又救过您的命，您跟它感情很深。为了时刻把它带在身边，于是您才装成瞎子。"

老人感慨地摇摇头，沉重地说："不光如此，还因为艾伦是个真正的瞎子，一个睁眼瞎，它因为救我而失明了。"

（王宗宽）

（题图：魏忠善）

待卖的山顶小屋

安德鲁在城里找了个工作,就跟妻子商量决定买一套住房,但是找来找去,因人家要价太高而没有买成。于是夫妻俩找到一位房地产经纪人,要求买一套便宜点的住房。

经纪人问:"你们打算出多少钱呢?"安德鲁道:"最多一万英镑。"经纪人没说话,只是拿出一个笔记本细细地翻着,边翻边说:"难啊,现在城里住房一套至少一万五千英镑,城外没有一万也下不来……"他停了片刻,突然提高嗓门说,"哎呀,真是巧极了,这里正有一座房子,售价一万英镑,正合你们胃口!"

安德鲁似乎不大相信:"那房子没什么问题吧?""看你说的,那是一座很好的房子,坐落在小山顶上,风景优美,空气新鲜,离城仅十公里。如果你们喜欢,那就九千英镑卖给你们。"

经纪人看安德鲁还迟疑不决,拍拍他的肩膀说:"你放心,房子质量我绝对保证!至于它为什么卖不出去,那我也弄不明白。我看这样吧,你们先去看看,然后再作决定。反正路不远,出了城开车朝北走十公里,靠左边小山顶上有座小楼,那就是。"他说完,拿来钥匙,交给了安德鲁。就这样,安德鲁和他妻子上了汽车,很快找到了山顶小屋。

这确是一座很好的小屋,单门独户,门口有个小院,屋后栽有许多树,地上绿草如茵……安德鲁的妻子叫道:"啊!这地方太好了,我喜欢。"安德鲁说:"我也很喜欢,但我弄不懂,为什么没有人愿在这儿住?""那就仔细看看。"

夫妻俩围着屋子转了两圈,突然,他们听到屋里有响声,只见楼上一扇窗开着。妻子说:"这里有人住?"安德鲁摇摇头:"不会的,一定是忘了关窗,鸟儿飞进去了。走,我们去看看。"

安德鲁掏出钥匙正要开门,来了个老头。"早上好!"老头说,"你们打算买这座房?"安德鲁说:"有这个想法,所以来看看。你是——"老头回答:"我是受人委托,看管这座房屋的,每周来打扫一次房间。这地方确实不错,房子也很好,离城里又不远,可是谁都不愿住这里。""那是为什么?""就因为那个姑娘。""姑娘,姑娘怎么啦?""这都是往事,不说也罢。"老头说着"刹了车"。

安德鲁哪肯就此罢休,非要他说出姑娘的事不可。老头犹豫再三,最后还是道出了实情:"前几年,这里住过一对夫妻,有一天,男人竟把他妻子给杀了。"老头指指楼上开着的窗户,"事情就发生在那间房里。据说尸体就埋在院里,后来有人发现,那姑娘有时会回到房子里来,站在床边哭泣……"

安德鲁的妻子吓得失声大叫:"啊!请别往下说了,我怕。"

老头笑笑说:"怕什么,有我呢。如果你们买下这座房,我可以给你们做园丁,说不定还能把那个姑娘挖出来。"他说完,转身便走。可是走了几步又回来说："我刚才说的事,你们知道就行,可不能告诉任何人。唉,都怪我心直口快。"安德鲁忙说:"你尽管放心,我们就当没听见。"

老头走后,安德鲁拉住妻子说:"走,我们进屋看看去。"妻子缩回手说:"不,我不要,真的不要,我怕。""你怕啥?我才不信老头讲的故事呢。""不管是真是假,反正我不敢在这鬼地方住。""如果我们这里不要,那就再也找不到这么便宜的房子了。""对不起,安德鲁,我真害怕住在这里,要是每天晚上做噩梦,我肯定会疯的。安德鲁,快走吧,我求你了。"

安德鲁拗不过妻子,只得拉起她钻进汽车,往回开去。

他们刚走,老头又来了,他用钥匙打开门,径直上了楼,走进那间开着窗的房间。只见房间里,床上叠着被子,小桌上放有食物,桌子旁边坐着个老太婆。老太婆一脸惊恐,见进来的是老头,忙问:"他们走啦?"老头笑笑:"走了。"老太婆松了口气,说:"我以为他们要上来呢,吓得气都喘不匀了。你是怎么把他们打发走的?""我给他们讲故事,就把他们吓跑了。"

老头哈哈大笑了一阵,然后把刚才讲的故事重复了一遍,逗得老太婆也"格格格"地笑:"真有你的,你是怎么想出来的?"

老头说:"不是我想出来的,这个办法是经纪人教我的。你不知道,这座房子在建筑上有很多毛病,卖不出去,所以经纪人要我给看房子的人编故事,不是金钱就是美女,谁听了谁动心,一动心就会买房子。可今天我要是讲那些故事,这房子就肯定被买走,那我们到哪里享福去?所以我把那故事给改了改。"

这一说,老太婆乐了:"你真有办法,我们又可以安安心心在这儿住上一些日子了。"

老头摇摇头:"不,不是住一些日子,我要让这座房子永远卖不掉,我们一直住下去!"

(作者:陈宗伦;讲述者:吴文昶)

（**题图**:箭　中）

疑 是 凶 手

　　天生要做坏事的人,如果找不到
漂亮的借口,就会明目张胆地去作恶。

绝杀

安州古来棋风盛行，无论男女老幼，谁都会来那么两着。

乾隆二十四年春天，在安州城东的圣手居前是人山人海，因为在里面摆开一场象棋擂台赛。这场棋赛，是乡党们为庆祝象三老爷子百年寿诞而举办的。最后的胜者，除奖赏千两黄金外，还将有幸与象三老爷子手谈三局。朝廷得知此事后，派礼部官吏飞马前来祝贺，一是祝象三老爷子百岁寿诞，二是祝这次比赛圆满成功，并要求安州州府将比赛冠军送进朝廷，面见皇上。

你肯定要问：这象三老爷子谁啊，咋这么大面子？

象三是安州人，天资聪慧，幼年随名师学棋，到二十岁的时候，方圆数百里已经无人可敌，于是辞家远游，寻访天下高手。不出两年，象三的名字在华夏棋坛已经是无人不知、无人不晓了。

康熙二十年,象三被引荐入宫,在皇宫大院里专门教那些皇子皇孙下棋,同时还代表朝廷与外邦棋手对仗。这些外邦棋手,多是顶尖好手,都想借此机会赢棋,长长本国气焰,压压大清国威风,然而在象三面前,统统"丢盔弃甲",俯首认输。于是象三更加声名远震,连康熙爷都敬他三分,敕封他为"天下第一棋",官拜三品,并为他在安州老家赐建圣手居。

乾隆四年秋天,棋艺如日中天的象三老爷子不知为何,突然告老还乡。更怪的是,告老还乡的象三老爷子,从此连棋子都不再碰一下,人们蜂拥上门请求拜师学艺,都被象三老爷子谢绝。有人千里迢迢赶来,希望能够和一代棋王手谈一局,象三老爷硬是闭门不见。逼得急了,象三老爷子传出话来,说等他百岁之时,在圣手居摆下三局,请前来挑战者回去耐心等候。

这话乡党们记着,所以到今天设下了这个赛台,谁不希望一睹象三老爷子重出江湖的风采呢?

一时间,大江南北、长城内外,数不尽的棋坛豪杰云集到了安州城。打败象三老爷子,就意味着是新的棋王!况且还有那么优厚的奖赏,可以进宫面见皇上,有享不尽的荣华富贵……

二月初二,正是民间所说的"龙抬头"的日子,在这一日,举行了盛大的开赛仪式。先是一阵响彻云霄的礼炮,然后是安昌河里举行的龙舟竞渡,最后,安州知府大人站在高高的圣手居五楼,手执朝廷圣谕,一番诵读过后,宣布擂鼓开战,于是三通鼓响,棋赛开始。

在圣手居的一楼,八字排开八张棋案,一盘定输赢,胜者上二楼。

在二楼,四张棋案呈一字摆开,依旧是一盘分胜负,胜者上三楼。

三楼,两张棋案决胜负,胜者上四楼。

四楼，就一张案子了，最后胜出者，登五楼。

在五楼者，自然是擂主了，接受后来者挑战，三盘分高低，胜者，留守擂台，负者，下楼回家。

开赛第七日，来自河南陈州的萧六郎连战连胜，登上了圣手居五楼。

这萧六郎年纪在五十上下，一袭黑衣，长须飘逸，一副仙风道骨模样。此人棋风凌厉逼人，那棋法着数古怪异常，都是大家闻所未闻、见所未见的。连日来，还不曾有过谁与萧六郎交了五十手的，往往是在四十回合的时候，就不得不推盘认输。

萧六郎端坐擂台，取出随身带的一副棋子，在楚河汉界两边布置开来。这棋子分黑、红两色，宛如羊脂做的一般，光滑圆润，透着一股异香，闻一闻，顿时叫人神清气爽。

好棋啊！天下竟有如此宝贝？来自江东的棋王司马先生成为攻擂第一人，刚一入室，就被面前的棋子惊呆了。

萧六郎伸手做了个"请"的姿势，冷冷地说："你如果赢了，这棋就输给你！"

江东司马"嘿嘿"一笑，取下身上的棋袋，随手抛进窗外的安昌河里。

第一局，江东司马执红先行。棋赛规定，黑棋为主，红棋为客，擂主守黑棋，如果输了，就执红棋，反主为客。

"这真是罕见的宝物啊！"江东司马不由赞叹道。那棋落子的声音清脆响亮，随棋势的轻重缓急而音色不一。开局棋势缓和时，其声悠扬，似玑珠落盘；倘若中局博杀激烈，则似暴风骤雨；到残局胜负将分时，自然是凄然悲怆了。

第一局，江东司马推盘认输。

第二局，江东司马使出浑身解数，从晌午直到掌灯时分，往来三百多个回合，一身大汗淋漓，才逼得萧六郎敲子认输。

第三局，双方互换位置，江东司马守黑棋，萧六郎提"卒"上河,江东司马思量再三,飞了一"象"。这一局棋,竟然下了一夜。

到第二日凌晨,安州百姓看见江东司马失魂落魄地走出圣手居,摇摇晃晃走上街头,刚到客栈门口,就一口鲜血喷涌而出,倒地身亡。

这一日登擂的是河北号称神算子的陈子阳,三局两负。黄昏时刻,陈子阳摇头叹息着走出了圣手居,第二天,客栈伙计发现他已经倒毙在床上。

第三日登擂的是有"天下第一快手"之称的江南先生。江南先生擅长快棋,三炷香的工夫,三局棋,一胜两负。

江南先生走到大街上,仰天长叹道:"赢得艰难痛苦,输得稀里糊涂。我江南从此不再摸棋了!"话音未落,就口吐鲜血,一命归西……

一连七天,竟死了五名顶尖的象棋高手,百姓惊慌,棋手惶恐。官府也被惊动了,派人细查,竟然查不出任何死因。

最后,安州知府亲自带人登上圣手居五楼,只见萧六郎端坐棋案前,双目微闭,正在调息养气,等待人来攻擂。

知府问:"本官可不可旁观?"

萧六郎欠欠身,答道:"大人请随便。"

这一日攻擂的是山西五台山的三德和尚,两人一来一往,知府连眼睛都不敢眨一下,却并未看出任何端倪。但是三德和尚刚走出圣手居,就扑地而亡了。

知府大惊失色,忙叫衙役将萧六郎拿下,喝问道:"你这妖人,究竟使的什么妖术夺人性命? 提回衙门受审!"

萧六郎对知府施了一礼,说道:"大人且慢,我不过是一个棋手,哪里会什么妖术。这象棋之道,贵在看得开,看得开,就棋占一着先。那些死了的,全都是看不开的人,他们的眼里只有功名,心里装的全是利禄,下棋时,心浮气躁,输棋后,忌火攻心,再加上应对时已经殚精竭虑,哪有不死之理! 他们都是死在自己的贪欲里,我不过是给他们摆了一个绝杀的局子。"

知府听了这话,半信半疑,沉吟良久。

萧六郎接着说道:"死了这么多人,我也是有口难辩,何况官府历来都是欲加之罪,何患无辞。此番大赛,我肯定是荣登冠军无疑,只是指望请来象三老爷子,与他手谈三局后,任凭你治我什么罪,就算砍头,我也无怨!"

就在此时,门口传来一个苍老的声音:"不用请,我来了。"

原来象三老爷子已经登上五楼,站在了门口。

闻听象三老爷子将与萧六郎对战,安州百姓和那些棋手将圣手居围了个水泄不通,安州城被火把灯笼映照得犹如白昼。

象三老爷子入座后,淡淡地对萧六郎说:"左手为主,右手为客,我如若守擂,就用左手下黑棋,如若攻擂,就用右手下红棋!"

听得此言,萧六郎突然浑身发抖,面如死灰,泪如泉涌。

在旁观战的知府发现事情蹊跷,连忙上前询问。

只听象三老爷子长叹一声,对萧六郎道:"这么多年,我一直心神不宁,寝食难安,我就知道你肯定会来的,但是没有想到会殃及这么多无辜!"说着,他慢慢地讲述了一段往事。

那是乾隆四年春天,象三还在皇宫的时候,接到一个叫无心道人的拜帖,此人声称独步天下未曾遇到一个敌手,愿以一命和象三赌一局,如果象三不应战,他就在午门剖腹自杀,并且死前要大叫三声"象三伪君子",大骂三声"象三胆小鬼"。

象三没有办法,只得应战。

两人选了一处僻静地方,摆下一局棋,赌注是双方的性命。这无心道人不愧为好手,一局棋,下了三天三夜。可是,拼杀到最后,无心道人除一老"帅",已无兵可用,而象三还余有一"马",一马定杀。

象三说:"你可不可以不死?"

无心道人惨淡一笑,道:"摸子动子,棋道贵在行必果,你小瞧我了。"说完,抽出刀来,插进自己的肚子里。

死前,无心道人对象三说:"我死后,将会有人来找你报仇。你必须得死,死在棋上!"

说到这里,象三不由老泪纵横,用手点着萧六郎道:"没想到为了杀我,你竟然想出如此歹毒的办法来!"

知府不解,询问究竟。

象三解释道:"这红、黑两色棋子,是分别用两种药水浸泡过的,这两种药水混在一起,就成了剧毒,无色无味,无知无觉。下棋之人,多习惯用一只手,胜则执黑,输则执红,那泡在棋上的药水沾在这一只手上,就和成了剧毒,慢慢浸入心脾,发作后立即毙命。大人有没有发现,这些天登擂向萧六郎挑战者,一共十人,死了六人,还有四人安然无恙?这四人都是三局败北的,也就是说他们三局都是执红棋,如果他们赢了一局,动了那黑棋,也会像那六人一样,必死无疑!而他——"象三老爷子指着萧六郎说道,"每次都是分手执棋,黑棋用一只手,红棋用另一只手。"

对面的萧六郎听到这里,发出一声惨笑:"想不到象三果然厉害,我愧对家父了,没有本事杀你!"说罢,不等众人反应过来,他拿起棋盘上的红"帅"和黑"将",放进嘴里生生地吞了下去,然后摇摇晃晃走出圣手居,脚刚迈出门槛,就倒下了,众人上前一看,已经气绝身亡。

这天晚上,象三老爷子一个人住在圣手居里。半夜,他点燃一把大火,将自己和这座皇帝敕建的名楼,化为了灰烬。

安州人至今说起,依然叹息不止,不知是为那楼,还是为象三老爷子,或者是为那无辜的六条人命……

(安昌河)

(题图:黄全昌)

福泽寺

　　解放前，在风景如画的江南，住着一个姓周的大户人家。周家家财万贯，人丁却不怎么兴旺。这一年冬天，周家的大老板周雨恒病故了。临死前，他把唯一的儿子周秋实叫到跟前，亲手交给他一封信，说信里讲明了他的财产情况，但他叮嘱儿子，一定要等到三年守孝期满之后才可以把信拆开，在这三年里不得动任何私心杂念。

　　秋实一向注重孝道，再说他是周家的独子，周家上上下下再也找不出第二个人能和他平分财产，不管钱财有多少，放在哪里，反正都是自己的。既然爹有这样的要求，当然要照办了。秋实把信平平整整地压在自己书房的卷柜底层，上了三道锁后才放心地去爹的坟上守孝。

周老板葬在杭州郊外的福泽寺附近,这里青山绿水,是周老板生前选好的风水宝地。福泽寺是个小庙宇,远没有苏杭一带那些久负盛名的大寺院雄伟气派,但因其年代久远,古朴森严,竟也终日香客往来不断,香烟缭绕。寺里的和尚加在一起总共八个人,住持慧明大师是周老板生前的挚友,大约六十来岁。这里无论是和尚做功课还是香客进香,都静声敛气,没有一丝嘈杂,倒是个守孝的好地方。

秋实好静善思,喜欢读书,闲暇时爱在寺里到处走走,这里古树参天,环境清幽。对此,慧明大师从没说过什么,他一向待人和善,宽怀大度,更何况是挚友的儿子在这里为父守孝,他只尽力提供一切方便。但是有一个地方他是禁止秋实去的,并且反复强调了很多次,每次提起来表情都非常严肃,脸上还略带敬畏之色。

这个地方就是后院的那间旧房。这间房子比寺里的其他房子都要大一点,而且大概是寺院里年头最久的房子了,古墙斑驳,杂草丛生。那房子最惹人注目的是两扇死死关闭着的门,葫芦一般大的锁头锈迹斑斑。秋实一开始看到这间房子,除了觉得它有些旧,没什么别的想法,可慧明大师每次看到秋实在院子里散步,总是对他说让他不要去碰那间房子,一遍遍不厌其烦。说得多了,反而让秋实有了好奇心,渐渐地他竟开始不由自主地走到那房子前,手竟然去摸了摸那扇门,心想:这里面是什么呢?

一天,秋实和慧明大师一起喝茶聊天,话锋一转,就转到那房子上去了。秋实问:"大师,那个房子是用来做什么的?那扇门以前开过吗?"慧明大师一听,脸上顿时呈现出躲闪和恐慌的表情,说:"我也不知道那房子是用来做什么的。多少年来,谁也没见那扇门打开过。福泽寺里一代一代传下话来,都说那是一扇打不开的门;任何人,任何时候,都不能去碰它。"

日子就这样一天一天地过去了。转眼到了夏天,这些日子,秋实没有一天不在想着那间房子，为什么就不能打开呢，为什么一提那房子，慧明大师就那么敬畏呢？这天晚上，天气异常闷热，一场大雨眼看就要落下来了，秋实像往常一样在屋里看书，却越看越心烦，他眼睛看着，心里却想着那房子，越想心里越痒。天气格外潮湿闷热，他再也忍受不了了，像是有一种什么力量驱使似的，他从屋里找出一把刀子和一个锯条，走出了房间。

秋实蹑手蹑脚地来到了后院那座房子前，那个硕大的锁头在黑暗中如巨兽张开的大嘴。此时，四周一点声音也没有，秋实开始用锯锯锁，他现在就是想打开这扇门，这几个月来他受够了好奇心的折磨。锯条一碰到锁，碎屑就往下掉，锯锁的声音在静夜里听起来有些阴森森的。那锁头显然不如传说中那样结实，只锯了几下，上面就已经出现了凹痕，凹痕一点一点地加深，眼看就要锯开了。

"周施主，你在干什么？"身后的声音像是从地底下钻出来的，一点预兆都没有。"啊！"秋实回过头来，慧明大师怒目圆睁地站在他的身后。"我对你说过多少次，这是一扇不能打开的门，你怎么能违反寺规呢，赶快回到你自己的房间去！""啊，对不起，大师，对不起。"秋实一边连声道歉，一边狼狈地逃回了自己的房间。

躺在床上，秋实哪里睡得着，他心里在琢磨：太可惜了！只差一点了，不过既然已经被慧明大师看到了，干脆一不做二不休，况且大师绝对想不到我这会儿还会再去。于是，秋实又带上了刚才用的工具走出了屋。

秋实来到那扇门前，锁头还是刚才的样子，已经不堪一击了。秋实只用锯锯了几下，那锁头"咔"的一声开了。不过锁头已经和大门的铁皮锈在一起，他又用刀子把锁头撬了下来。随着"吱吱呀呀"的声响，门被推开了。没有月色，里面黑咕隆咚的。这一点秋实早已料到，他从口袋里拿出火柴划亮了一根，屋子里一下子亮了起来。

亮光中站着一个人。那人就站在秋实的面前，距离很近，秋实看得很清楚，那人就是自己！秋实看到自己披头散发，脸上的点点血污在火光的映照下阴森可怖，嘴角还有鲜血滴下来。火柴熄灭了，秋实看到自己缓缓地走了过来，身体僵硬，嘴里低低地呻吟着："救救我，救救我，我是你的魂儿呀，我是你的魂儿。"

"啊！"一声惨叫之后，秋实倒在了地上，他被吓死了。

三年守孝期满，"魂儿秋实"来到了家中。他打开卷柜的三道锁，取出了那封信，信上的字迹很清晰：我一生积聚的财产都在福泽寺后院的房子里，我故去三年后，你和福泽寺的慧明大师平分。另外还有一件事情要告诉你，你曾有一个双胞胎的弟弟，幼时丢失了。这事你不知道，我怕你母亲伤心，所以也从不提起。最近有确切消息说，他已经成为两广一带的恶霸。这些就是周家的全部秘密了。

魂儿秋实划了一根火柴，把这封信给烧了，恶狠狠地说："哼，想和我平分财产？做梦！老秃驴，你不过是我手中的一个棋子罢了！"

与此同时，福泽寺的法事正在举行，慧明大师前些天不明不白地死了，一句话也没有留下。

(李　姝)

(题图：黄全昌)

天 堂 散

　　林子是山里的猎户,靠爹娘传给他腌制鹿肉的手艺,这些年赚了不少钞票。

　　不过最近他很头疼,因为做腌制生意的人越来越多,野鹿本来就少,这么一来,狩猎就更难了,而那些城里的老客户又非盯着他的鹿肉不可,不管林子怎么跟他们解释,用其他兽肉来代替甚至可以做得味道更好,可老客户们就是不答应,说鹿肉的营养价值绝对是其他兽肉不可替代的。

　　三天前,城里来了一个姓吴的老客户,愿意出比平时高出十倍的价钱,要林子专门帮他腌制一头野鹿肉。这个出价实在太诱人了,林子立刻就答应了下来。

　　整整一个星期,林子一直在山里转悠,总算老天帮忙,他猎到了一只野鹿。新鲜的鹿肉隔夜就要变味儿,于是林子当晚就动手腌制起来。

林子干得挺欢,想到腌好的鹿肉马上就能换回那么多现钱,就更兴奋了。松油灯微弱的灯火在屋子里闪闪烁烁地跳跃着,橘黄色的灯光把林子的身影映照在墙壁上,拉扯得形同鬼魅。但不知为什么,林子总感觉暗夜里有一双眼睛在窗外窥视着他,让他感到心神不安。

这时候,门突然"吱呀"开了一条缝,阴冷的山风从门缝里吹进来,灯火"忽悠"一暗,林子在抬头的瞬间,看见真的有一双眼睛从门缝里看他。谁?林子不由打了个激灵,他揉了揉眼睛,再看时,那双眼睛没有了,漆黑的夜色中,只有山风吹动着木门,发出刺耳的"吱呀"声。远处,不时传来母兽的哀号和幼子的啼鸣,林子突然觉得屋子里充满了一种从未有过的孤单和恐惧。

林子从墙上拿下那支用了多年的老猎枪,走出门去,在屋外遛了一圈,但什么也没发现。难道是自己看错了?也是啊,这几天他一直在山里转悠,没有好好睡过一个囫囵觉,身子疲惫不说,连神思也有些恍惚起来,他真想倒在床上美美地睡上三天三夜,可那个姓吴的老客户说好明天早上要来看货的,所以丝毫不敢怠慢。

林子关紧了屋门,定了定神,心里对自己说:"最后的关头,一定得格外上心,不能坏了自己的信誉。"当窗外开始放白,屋内的松油灯火渐渐熄灭的时候,他终于封好了最后一坛鹿肉。

林子直起腰,长长地舒了口气,随后就拿出一瓶酒,准备好好犒劳犒劳自己。他打开盖子,浓郁的酒香立刻就散发开来,压住了满屋的腥味儿,"果然是好酒!"林子不由赞叹了一声,从墙上割下一块鹿肉干,就盘腿上炕,自斟自饮起来。

酒是姓吴的那个老客户来订鹿肉时特意送的,说是从省城带回的陈年老窖。林子心里明白,老客户这么拉拢巴结,无非是为了自己这手绝活。想到这一层,他真想跪在地上给爹娘好好磕三个响头。

半瓶酒下肚,林子渐渐感到头有点晕起来,眼皮也沉了下来。恍惚间,他听见"吱呀"一声响,好像木门被推开了,一双眼睛正幽幽地在门口看着自己。林子一惊:谁?再看时,那双眼睛又没有了。

林子想:老客户不会这么早就上山来的,莫非是野鹿撞上门来了?对了,这眼睛有点像自己昨晚腌制的那只野鹿的眼睛!可现在能猎到一只野鹿已经很不容易了,怎么会又自己撞上来一只?林子不信,再想仔细看时,那眼睛却突然飘逝而去。啊,难道真是野鹿撞上门来了?林子如同被注射了一支兴奋剂,他使劲儿一翻身,摇摇晃晃地从炕上爬起来,拿起放在炕头的老猎枪,跌跌撞撞地追了出去。

清晨,山里的空气湿漉漉的,飞鸟的叫声显得空灵而又悠远,林子觉得那只野鹿就在不远的地方看着他,于是端起猎枪就想扣动扳机。突然,一只飞鸟"呼啦"一声从他身边扑过,把他吓了一跳,待重又端起枪时,那野鹿已经顺着弯弯曲曲的山径往葫芦岭上跑去,林子拔腿追了上去。

葫芦岭三面都是悬崖陡壁,只有葫芦嘴这个地方才有一条羊肠小路可以上下。林子对这里的地形非常熟悉,过去捕野鹿的时候,他就是经常把野鹿赶上葫芦岭,然后堵死路口捕获成功的。所以现在一看野鹿上了葫芦岭,林子连连叫好,赶紧就追了上去。可是奇怪呀,怎么老是觉得眼前模模糊糊的,而且越往前追林子心里越觉得慌,端枪的手也颤抖起来,他只觉得自己的身子越来越轻,越来越轻,轻得如同一片羽毛……

当姓吴的老客户出现在林子小屋门前的时候,林子刚刚死去,他倒在通向葫芦岭的路上,眼睛瞪得大大的。老客户把林子背进小屋,放在炕上,拿过炕桌上林子喝剩下的那半瓶酒,往林子身上一浇,叹一声:"可惜了我的好酒哇! 当初要答应把腌鹿肉的秘密告诉我,何苦现在搭上一条命呢!"

老客户在林子身上里里外外地搜寻起来,终于在他贴身的衣袋里找到一个封好了的兽皮囊,用尖刀挑开,里面是一张已经发黄了的纸,展开一看,果然是林子爹娘留下的腌制鹿肉的用料配方。老客户喜不自禁,把黄纸贴在嘴巴上亲了又亲,这才小心地揣入自己怀里。然后,他从屋外的柴草棚里拖进几捆干树枝,往炕上一放,"啪"的一声就按下了打火机。

火苗立刻"呼呼"蹿了上来,老客户得意地哈哈大笑起来:"林子啊,我昨晚在窗子外面看了一夜,你这一手活儿怎么做,都没逃过我的眼睛。你就放心吧,以后你的生意就由我来替你做了,赚来的钱也就由我来替你花了吧!"说完,他转身要走,可是猛觉得一阵头晕,身子轻飘飘的像要飞起来。他心里一惊:莫非这黄纸上洒了毒?

是的,老客户没猜错! 林子为防万一,确实在黄纸上洒了毒,这种毒药叫"天堂散",它是山里人自制的一种用来对付野兽的毒药,无色无味,但只要丁点入口,开始恍恍惚惚,接着飘飘欲仙,最后在毫无痛苦中死去。

老客户拼命挪动脚步,想走出小屋,企盼外面的新鲜空气能够冲散自己嘴里的毒气,可是已经来不及了,此时的他已经浑身软得像没了骨头一样,恍惚中"扑通"一声就倒在了地上……

大火瞬间就把小屋吞没了。

(张晓峰)

(题图:箭　中)

消失的桑塔纳

大年初五，县外贸局办公室主任余航突然不知去向。

接到报案后，县公安局刑警大队大队长高翔立刻带了副手小毛赶到余航家，作进一步调查。

余航的妻子向雪梅说，余航是昨天傍晚五点左右离开家的，开了一辆"桑塔纳"去东海饭店和朋友聚餐，可是到现在也没回来，所有能打的电话都打了，却没有他的任何消息。

按理，如果临时有事要处理，余航至少会给家里一个电话；如果出了交通事故，公安局也应该接到报告。可是到目前为止，居然什么动静都没有，到底出了什么事呢？

高翔安慰了向雪梅一番，表示公安局将全力以赴，尽快破案。临走之前，他给向雪梅一张名片，说："这是我的电话号码，如有情况,请马上和我联络。"

随后,高翔和小毛把昨晚和余航一起聚餐的几个朋友请到局里谈话,证实了四个情况:一,聚餐时余航谈笑风生,没有任何反常现象;二,余航在聚餐中前后一共喝了六七两白酒,喝是喝高了点,但没醉,自己完全能清醒地开车回家;三,聚餐结束时有人看过表,时间是晚上八点十五分左右;四,散席后,大家到饭店停车场各自开自己的车回家,余航的车停在车场里面,有个朋友的车就停在车场门口,朋友本来把车发动了之后,想等余航的车出来一起走,后来由于大门口进进出出车辆多,他等了一会儿没见余航的影子,以为他先走了,便就自己开车回了家。

高翔又马不停蹄地赶到东海饭店,根据掌握的情况,逐一排查,最后来到饭店停车场。

没想在这儿,案情出现了转机。原来,这个停车场除了正门,还有一个后门,后门的门卫一看高翔递上的照片,就肯定地说,见过这个人。

门卫说,昨天晚上八点多钟,余航开车非要从后门出去,门卫和他吵了起来,因为后门属于饭店运送东西的专用通道,没有特殊情况,不准外来车辆通行。但余航当时态度非常蛮横,还说自己是饭店经理的老朋友,要把门卫告到经理那里去。门卫怕给自己惹麻烦,只好开门放了他。从后门出去,有左右两条通道,右边连着城中大街,左面直通城外大浦河,余航开车出门后,径直驶上了通向大浦河的路,门卫喊了他两声,他根本不加理睬,反而加大了油门,门卫讨了个没趣,就关门进了值班室。

在门卫的陪同下,高翔和小毛从停车场后门出去,沿着左面余航开车的这条路,一路走一路观察。只见路的一面是饭店围墙,另一面是待拆迁的旧民房,此时已近傍晚,严冬季节天黑得早,如果没有饭店餐厅里透出的灯光,这条路上几乎漆黑一片。

走了大约十分钟,拐过一个 J 字形的弯口,在路的尽头骤然出现了一条大河,河面宽阔,水波起伏,河里的水与河岸落差仅五尺左右,河边什么遮拦都没有。

余航会不会是驾车坠入河里了?但此念在高翔脑子里一出现,马上就被否定了:不可能。因为距河边两米的地方,有一个破损的水泥方台,是过去住在这里的居民洗衣洗菜时用的,它砌在路中间靠民房这一边,剩下的路面宽度顶多也就是一辆轿车勉强通过,一般司机过这里都得十二万分的小心,何况余航喝了那么多酒!

正当高翔沉思默想细细分析的时候,小毛在不远处一声惊呼:"高队,快来看!"

高翔循声过去一看,在小毛手电光柱的照射下,河边有两道明显的车轮压过的痕迹。

门卫惊叫起来:"不好了,看来这人十有八九是掉河里了,车开到这里还怎么能掉头?"他一边说一边跺脚,"唉,怪我,都怪我,当时要喊住他就好了。"

"难道真坠河了?"高翔盯着河边的这两道车痕,简直不敢相信。

他转过身,走回水泥方台边,打着手电,仔仔细细把这里照了个遍,没有发现任何车子摩擦过的痕迹。既然能把车这么平稳地开过这个方台,说明当时余航的脑子非常清醒,那他又怎么可能把车开到河里去呢?高翔想了想,拨通了局里电话,连夜调快艇侦查。

快艇很快就赶到了,艇上的金属探测仪果真在河里测到了轿车的踪迹。第二天一早,就开来一只装有起吊机的驳船,随着钢缆的渐渐提升,余航那辆银色的轿车浮出了河面。

然而疑点还未能完全排除,因为勘查后发现,车里除余航外没有他人,余航身上也没有任何异常,他侧身在驾驶座上,头卡在半打开的车窗外,嘴巴张得大大的。这显然表明他是在坠车后试图打开车窗自救,事后的尸检分析也证明了这一点。

可是,这个结果对高翔乃至对所有认识余航的人来说,都太不可思议了:余航为什么要走绝路呢? 再往前一步分析,明明他可以驾车从前门离开饭店,为什么偏偏要和门卫大闹一场,硬从后门走呢?

高翔认为余航走后门不外乎两个原因:一,正门那里有他不愿意看到的人或事;二,或者是有人在后门等着他。围绕着这个思路,高翔和小毛扩大了侦查范围,再次寻访饭店服务员以及饭店周围的居民,除了了解到当晚停车场门口曾有交警队员堵查酒后驾车者之外,并没有新的发现,况且交警队员在余航他们离开酒店前已经撤了。

高翔感到了事情的棘手。

当天吃罢晚饭,高翔再次来到饭店停车场,沿着后门通道缓缓向河边踱去,多年的侦查经历,养成了他喜欢在案发现场徘徊思考的特殊习惯。

这晚,月色特别亮,月光几乎把高翔脚下的路变成了银白色的缎带,他一边踱步一边思考,猛抬头时突然眼前一亮:月光下,路尽头,大浦河白晃晃地横在眼前,不熟悉这里环境的人,绝对想不到好好的路到这里会变成一条河。一个闪念掠过高翔脑海:余航那天一定是在同样的情况下看花了眼,误将河面当路面!

就在这时,高翔的手机响了,一接听,他辨出是余航妻子向雪梅的声音:"高队长,我……"向雪梅欲言又止。

高翔感到对方有话要说,便尽量用和缓的语气鼓励道:"有什么话你尽管说,我理解你的心情。"

话筒里传来压抑的哭泣声,几秒钟后,向雪梅对高翔说:"高队长,是我害了余航,是我害死了他啊……"

高翔愣住了:难道自己刚才的推测错了? 他冷静道:"人死

不能复生,只有把事情说清楚,才是对死者最好的忏悔。请说吧,到底是怎么回事?"

向雪梅缓了缓,向高翔道出了实情。

原来事发当晚,余航和朋友到饭店聚餐,向雪梅就去自己父母家。回来时,她打车途经饭店停车场门口,看见有交警人员在那里堵查酒后驾车的司机,她想起不久前余航曾因酒后驾车被重罚过,这种聚会余航不会不喝酒,所以赶紧打电话叫余航千万别自己开车回来。而余航嘴上答应得好好的,私下里却耍了个小聪明,他是既想开车回家又想逃过罚款,正好看到停车场有后门,于是就硬要从后门出去,结果走上了不归路。向雪梅事后知道余航坠河而亡,郁闷伤痛不已,可是这一切又不敢对外人说,思忖再三,才决定把真相告诉警方。

高翔怎么也没有料到,案情会是这么个结果。抬头仰望明月,他心中百感交集……

（夏国强）

（**题图**:谭海彦）

一排18号

德泰大戏院建于民国15年,是安平镇唯一的一家戏院。

一九四〇年冬的一天晚上,戏院上演京剧《三岔口》,大汉奸何金宝带着手下人来看戏,位于前排正中的一排18号是整个戏院里最舒适的位子,自然归他坐。可谁知戏演到中途,台上一个演员突然手一扬,就见一道白光闪过,一把尖刀直直插进何金宝的胸口,这个大汉奸顷刻之间便命归黄泉。

八年之后,大概是一九四九年初,一位国民党军队的团长,好不容易打了场小胜仗,洋洋得意之余,来戏院看戏,指明要坐最好的位子,那自然就是这一排18号了。那天演的也是《三岔口》,可是戏演到一半的时候,不知从哪里飞来一颗子弹,正中这个团长的脑门,当即让他一命归西。

这一来,那些来看戏的人就谁也不敢再坐这一排18号的位子了。后来解放了,镇上有个外出好多年的人突然衣锦荣归,回来后的当天晚上兴冲冲到德泰大戏院看戏,一看一排18号这么好的位子没人坐,一屁股就坐了上去。谁知戏还没演到一半,就见他突然莫名其妙地倒在了座位上,再也没有起来。

消息传开,从此以后,德泰大戏院一排18号这张座位票,就再也卖不出去了。

又过了几年,戏院公私合营了,不知是谁出的主意,索性把一排18号这个座位给拆了,于是一排16号和20号之间,就留下了一个空空的位置。一直到"文革"开始,德泰大戏院改名为朝阳影剧院,革委会主任说要破除迷信,叫人在这个空位置上安了一张有靠背的软椅。

椅子是安了,但没人敢坐。革委会主任心想:我把一镇子的牛鬼蛇神都打倒了,还怕坐这个位子?那晚演的是样板戏,革委会主任大摇大摆地坐在软椅上,正看得摇头晃脑,突然座位上方一盏大灯掉下来,不偏不倚正好砸在他的头上,当即一命呜呼。

这个主任其实在"文革"中干尽了坏事,所以安平镇上的人一听他被砸死了,都在心里暗暗叫好。但毕竟这事儿有点神秘,所以以后若不是十分拥挤,这一排18号的位子还是没有人愿意去坐,甚至连两旁16号和20号的座位票,都不太能卖得出去。剧院卖票的,是一个叫王三大的人,他就特意把一排18号座位票撕掉,看客不多时,16号和20号的票也干脆不卖。

若干年之后,进入了二十一世纪。这时候,影剧院里的工作人员已经换了一拨又一拨,只有卖票的王三大,从二十岁一直做到了六十五岁,仍坚守在岗位上,不过他已经不再卖票了,剧院经理让他平时帮着验验票。而此时,关于一排18号的传闻,早就淡出了人们的记忆,只是因为历任经理都害怕再出事,所以这张座位票,剧院依然不卖。

这天晚上,天上飘着小雨,来剧院看电影的人不多,王三大像往常一样帮着验票。忽然,他发现一位长得挺秀气的小伙子递给他验的票,座位号竟然是一排 18 号。他不由倒吸一口冷气,哆嗦着嘴唇,一脸狐疑地看着他。

小伙子笑呵呵地问他:"老伯,电影票有问题?"

"没、没问题。"王三大撕下票的副券,想了想,说,"你别坐这位子,另外找个位子坐,好不好?"

小伙子一愣:"为什么? 18 号,多吉利的数字呀!"

王三大张了张嘴,不知怎么回答他。

小伙子见他没说什么,于是就走进了影剧院。

王三大觉得很奇怪:怎么今天会把一排 18 号这张票卖出去了? 电影放映才几分钟,王三大就来到前台,悄悄掀开幕帘,借着亮光朝一排 18 号看去。这一看不打紧,王三大紧张得嘴都合不拢:那小伙子不知从哪儿弄来一块木板,搁在一排 16 号和 20 号之间,他就坐在木板上,正看得津津有味。

王三大看了一会,没再发现有什么异常情况,只好悄悄退了下去。可他老心神不定,过了一会儿,又悄悄到前台,掀开幕帘看。电影放映不到一个小时,他来来回回跑了无数次。

也是巧合! 电影放到这里,这时的情节也是主人公在看戏,戏台上演的居然就是《三岔口》。王三大再也忍不住了,一把掀开幕帘,从前台跳下来,朝坐在一排 18 号的小伙子奔过来,一边奔一边喊:"快,快起来,别坐这位子!"

可是,还没等他奔到那小伙子跟前,小伙子突然"啊"叫了一声,两眼翻白,往一边倒去。场子里的人都被这突如其来的一幕惊呆了,放映员立即关了机器,灯也全打开了,影院经理拿出手机就要报警。

王三大一把拉住经理:"别报警!"

经理大惑不解地看着王三大。

　　只见王三大目光呆滞，嚅动着双唇，不停地说："怎么会这样？怎么会这样？他不该死，现在不该死人的！"

　　经理觉得很奇怪："老王，你这话什么意思？"

　　王三大深深地叹了口气，说："经理，今天我走到头了，我无脸见我九泉之下的父亲啊！"

　　经理听得一头雾水，大声喝道："老王，你瞎搅和什么？这到底是怎么回事？"

　　只见王三大突然喊了一声："这小伙子死了，我把一条老命赔给他吧！"他边说边猛地一头朝场子里的一根柱子撞去。

　　周围人全都愣住了。说时迟、那时快，那位已经倒在椅子上的小伙子，这时却突然一个挺身蹿过去，一把抱住王三大，说："我没死，你也不能死！"

　　王三大惊恐地转过头，瞪着小伙子，站在一旁的剧院经理含笑朝他点了点头。王三大弄不明白了：这到底是怎么回事啊？

　　经理不好意思地对王三大解释说："这位小伙子是档案馆新调来的工作人员，他对我们影剧院长期以来发生在一排18号座位上的凶案十分好奇，很想探个究竟，所以故意让我卖给他一排18号的座位票，没想让你受惊了……"

　　经理要向王三大和全场观众道歉，可他话还没出口，王三大却激动地说："经理，我……我实说了吧！不是我受惊，而是凡坐一排18号这个位子的人，都可能死！"

　　他转过头，对小伙子说："你既然是搞档案的，那你应该知道，死在这个座位上的是些什么人，那都是些坏透了的人。大汉奸何金宝和那个国民党团长自不必说了，刚解放时死的那个人，他离开安平镇好多年干什么去了？他是在外面当土匪，手上全是老百姓的血……"

　　小伙子一边听一边点头。他说，他调查一排18号悬案已经好长时间了，可一直没有理出头绪。后来他想，说不定现在仍有与悬案相关或知情的人,会跟这个影剧院有关系,于是就说服影剧院经理,故意去坐那个位子,看会不会有什么奇特的事情发生,从而寻找出解开悬案的蛛丝马迹。果然,他发现王三大不时躲在幕后观察自己,心里不由暗喜,但他不露声色。直到王三大喊着向自己跑来时,他突然灵机一动,假装昏了过去,目的就是想看看王三大接下来还会干什么。

小伙子问王三大:"老伯,你能告诉我那些人究竟是怎么死的吗?"

王三大沉思半晌,说:"我……我都说了吧!我们镇子三十年代出过一个杀富济贫的组织,人很少,我父亲也是其中之一。他们都是穷人,因为受尽了苦,所以发誓要为穷人'除霸平天下'。不过,他们采取的都是极端的做法。一个偶然的机会,他们发现但凡要除的对象,都喜欢看戏,而且只要进'德泰',总要坐最好的位子,自然就是这个一排18号了。所以,我父亲就给组织里的人定下一条:只要是坐一排18号的,谁有机会都可以动手将他除了。何金宝和那个国民党团长,都是组织里的人下的手;至于那个土匪,是我父亲在他喝的茶里下了毒。后来,解放了,天下太平了,这规矩也就废了,组织也随之解散了。可不知怎么,到'文革'时,又有人对那个革委会主任下了手,虽说这家伙当时作恶多端,可我父亲知道这消息后,还是好几夜没睡好觉,他觉得当时再怎么说也是共产党的天下,这种事不能再做了……父亲临死前,把这些秘密都告诉了我。他说,他也不知道这事是谁干的,组织里还剩什么人;但这种法外杀人的事,哪怕有天大的理由,今后也坚决不能再做了。他要我一定要设法制止。所以今天,我看到你坐上这个位子,吓坏了,真担心会有人对你下手……"

(刘建东)

(题图:杨天佑)

新工作

　　福田失业后由于找不到新的工作，日子过得很拮据，每个月只能靠救济金勉强维持。

　　一天，他突然收到一封信，信很短，上面只有两行字：如果北谷茂久死了的话，您将得到一千美金。北谷茂久是福田的邻居，因病重已住院好多日子了。

　　福田很奇怪：这是什么意思？北谷茂久死不死跟自己有什么关系？转念又想：或许又是哪个广告公司在搞什么噱头吧。这样一想，就随手把信扔了。

　　过了几天，一张一千美金的支票寄到了他的家中。福田大喜过望，转而又是大惊，就在昨天，他刚参加了北谷茂久的葬礼。他百思不得其解，不过，他安慰自己："反正钱又不烫手！"就把钱收下来了。

又过了几天,福田又收到了一封信,上面写道:如果水口克夫死掉的话,您将得到三千美金! 三千美金? 福田一看跳了起来。

但是,水口克夫是谁? 他翻开电话簿,仔细找起来。还好,在岩手只有八个叫"水口克夫"的,他一个一个打电话过去问,问到第六个"水口克夫"的时候,话筒里传来一阵女人的哭泣声:"你是中川君吗? 水口君,他、他贩毒被…被抓走了。听说要……要判……死刑,你快……想办法救救他吧……"

"啪"福田挂上电话,跪在地上虔诚地祷告起来。

果然,水口克夫被处决的第二天,福田就从银行提到了三千美金。福田看着这堆花花绿绿的钞票,"哈哈"狂笑起来,他觉得自己已不必找工作了,万能的主会保佑自己的。

有了钱,福田恋上了赌博,没几天,钱就花光了,并且还欠下一笔高利贷。

正当他再次陷入困境时,又一封信来了:如果米村浩探长死了的话,您将得到八千美金!

米村浩,福田是知道的,他是岩手警视厅缉毒科一名很有名的探长,电视报道过他破获的几起贩毒案。难道他也要死了吗? 凭前两次的经验,福田知道信上提到的人都要死的。

福田等着米村浩死的消息,可好长时间了,米村浩一点要死的兆头都没有。

眼看还高利贷的日子越来越近,福田有点急了:"怎么办?"他绞尽脑汁,终于想出了一个办法。

经过精心准备,一天傍晚,福田把车停在了米村浩公寓旁的地下停车场。

停车场里很安静,福田耐心地等着。大约半个小时后,米村浩的车出现了,接着米村浩停好车,出来,向出口走去,福田的手不由抖了起来。

"别怪我!"福田咕哝了一句,然后发动、挂挡、踩油门,车子箭一般冲向米村浩,"轰"一声响,探长飞了起来,然后重重地摔在地上,血溅了一地……

第二天,福田躺在床上,一边看电视,一边把玩着面额八千美金的支票。这时,电视里正播报米村浩探长的死讯,福田想:警视厅的名探长也不过如此。

正想着,一阵急促的电话铃声响了起来,他懒懒地问了句:"谁呀?"

听筒里传出一个甜甜的笑声:"谢谢您,福田君。您觉得这份新工作怎么样啊?"

"什么?"福田手中的话筒"啪"掉到了地上。

(戴东亚　编译)

(题图:李　加)

遭遇袭击

这天傍晚，大富翁奥尔洛和他最小的儿子吉特正在花园里散步，突然飞来一群蝴蝶，先是在他们头顶盘旋，随后就扑下来咬他们裸露的手臂。这种蝴蝶看上去五颜六色非常好看，可咬起人来却非常厉害，父子俩被咬得又痛又痒，只好赶快往屋里逃。可是已经迟了，他们手上被蝴蝶咬过的地方立刻红肿起来，不一会儿就开始化脓溃烂。

仆人们吓坏了，连夜把父子俩送进医院。当班医生一看他们的伤口，忍不住惊叫起来，怎么也不相信这会是蝴蝶咬的。医生不敢贸然下药，便把院长请了来。

谁知院长一看，也倒抽了一口冷气。因为院长曾经从一份资料上看到过，有一种生活在原始森林里的食人蝴蝶，咬人后就会留下这样的伤口。难道父子俩会是被这种蝴蝶咬的？可资料上明明说，几百年来，从来就没有发现这种蝴蝶飞出过原始森林啊！院长沉思片刻，对当班医生说："你注意观察，我去他们家看看，总要先搞清楚到底是什么样的蝴蝶咬了他们，然后才能对症下药。"

为了以防万一，在去奥尔洛家之前，院长换上了厚厚的外套，还在裸露的地方涂了一层厚厚的凡士林油，这也是他从资料上看来的，蝴蝶不容易附在油滑的物体上。事实证明，这一着果然有用，因为院长刚走进他们家别墅，蝴蝶就好像专门在那里等着似的，"呼"的就朝他扑过来，就因为院长有了防备，才没遭难。

院长吩咐奥尔洛家的女佣菲沙去给他找一个盒子来，随后伸手往空中一抓，他想抓几只蝴蝶装到盒子里，带回去研究。恰在这时，外面花园里突然响起了呼哨声，紧接着，奇怪的事情发生了：正在院长头顶盘旋的蝴蝶，猛然间就像听到号令似的，"呼啦啦"掉头就朝花园里飞去。院长惊讶得张大了嘴巴，他想弄清楚这到底是怎么回事，于是立刻追了出去。

这时候，已经是后半夜了，外面漆黑一片，院长追了一程，也不知道追到了什么地方。他睁大眼睛正想辨别方位，突然感觉脑后一阵风袭来，他根本来不及转身，就两眼一黑，"咕咚"一声栽倒在地上。醒来的时候，已经是第二天大天亮了，院长发现自己躺在奥尔洛家的床上，女佣菲沙正站在他的床前。

女佣见院长醒了，微笑着说："院长先生，您昨晚睡得还好吧？"院长疑惑地问："我好像是追蝴蝶去的，怎么会睡在这里？""蝴蝶？什么蝴蝶？"菲沙奇怪地瞧着院长，"自从奥尔洛先生和他的儿子吉特先生去医院之后，这里就再没有蝴蝶飞来过啊！""没有飞来过？"院长脑子里闪过一个大大的问号，"不对呀，昨天我来的时候，不是就有一群蝴蝶要咬我吗？我还准备要带回去研究，让你去帮我找盒子装来着？"

但是院长在说这个话的时候,发现菲沙正极力躲着他的眼睛,院长心里不觉"咯噔"一下:莫非是这女佣在玩什么花样? 再一想:对呀,明明是原始森林里的食人蝴蝶,怎么会出现在奥尔洛家的别墅里? 而且蝴蝶还会听凭呼哨声指挥? 不过,对方要加害自己的可能性看来不大,要不然自己昏睡过去后,对方有的是下手的机会;准是自己昨天来别墅的时候,对方误以为是父子俩回来了,所以才这么干的。

院长决定赶快回医院,一方面要组织力量替奥尔洛父子俩治疗,同时也一定要解开食人蝴蝶的谜团。他"蹭"地跳下床,向菲沙打了个招呼,就急匆匆离开了别墅。

院长回到医院不久,菲沙也到医院来了,说是来看望父子俩的。她手里拎着一个食品袋,里面装着两只一模一样的汤罐,说这是特地为父子俩熬的营养汤。端给奥尔洛的时候,奥尔洛正熟睡着,菲沙把其中的一只汤罐轻轻地放在奥尔洛的床头桌上,然后退出来,把另一只汤罐送到隔壁吉特的病房。

才隔了一天,菲沙看到吉特已经被疼痛折磨得不成样子,眼窝深深地陷在灰白的脸上,她的泪水忍不住"扑簌簌"掉了下来。吉特勉强朝菲沙笑了笑,强打起精神说:"谢谢你送汤来! 不过,你还是赶快离开我们家,到别处去躲一躲吧,在原因没有查清楚之前,别墅里太危险!"

"吉特先生,"菲沙哽咽着说,"你是个好人,你从来不歧视我,我知道你是个好人,你放心,你一定很快就会好的。你不用担心我,蝴蝶不会咬我的!"菲沙一面说着,一面就把汤罐捧到吉特面前,一定要看着吉特喝下去。

从这以后,菲沙天天来医院送汤,分别把汤罐递到父子俩手里,看着他们喝下去。

一个星期过去了,吉特的伤口每天都在愈合,但奇怪的是,奥尔洛的伤口却丝毫不见收口。这奇怪的现象让院长百思不得其解:用同样的药,为什么却会产生如此不同的结果?多年的从医经验,提醒院长开始注意起菲沙每天送的汤来。院长问菲沙:"你给他们父子俩熬的是一样的汤吗?"菲沙点点头。"你在汤里放了什么东西呢?""乌鸡,是乌鸡啊!院长先生。""喔。"院长不信菲沙的话,他猜测很可能是两罐汤里放的东西不一样,但在事情没有调查清楚之前,他不能打草惊蛇直截了当去问父子俩,所以只好暗中加紧对菲沙的观察。

当天晚上,天上下起了淅淅沥沥的小雨,院长悄悄来到奥尔洛家的别墅,想潜进花园里去,看看菲沙到底在干些什么。这时候,别墅的门突然被推开了,正是菲沙,先是探头探脑地伸出头来看了一阵,随后就闪身出来,急匆匆向一条僻静的小街走去。院长看她这么神秘的样子,赶紧跟了上去。

只见菲沙走进街边的一家小旅馆,院长正琢磨自己要不要跟进去,突然发现旅馆临街一个房间的窗户上,映出菲沙和一个男人说话的身影。院长蹑手蹑脚地走过去,伏在窗底下听。

那男人正在愤愤地责问菲沙:"说,你为什么要救吉特?"菲沙辩解的声音:"他……他是个好人。""好人?"男人狂吼起来,"奥尔洛的儿子会是好人?哼,我就是要让这些蝴蝶把他们咬死!""不能这样!爷爷!"

这个男人是菲沙的爷爷?看年龄,他们更像一对父女啊!

只听菲沙求她爷爷说:"爷爷,你这样对付奥尔洛先生就已经够了,吉特先生是无辜的啊!""怪不得!果真是有人要故意置奥尔洛父子俩于死地啊!"院长心里惊叹道。可无论过去他们彼此有过什么样的恩怨,作为一个医生,怎么能允许这种残害生命的事情在自己眼皮底下发生呢?院长不顾一切地冲进旅馆,猛地撞开了这个房间的门。

菲沙惊叫起来:"院长先生,您怎么来了?"院长瞪红了眼睛:"你们为什么要这么做?"菲沙爷爷一看秘密被外人知道了,气得重重地打了菲沙一个耳光,吼道:"哼,我养大了你,你竟敢出卖我?"院长一步上前,用身子挡住菲沙,说:"你不能冤枉她,是我自己跟踪来的,她根本就不知道。"

直到这个时候,院长才看清,菲沙爷爷脸上的皮肤坑坑洼洼的,丑陋不堪,只有那双眼睛,却像鹰一样犀利。菲沙扑上去抱住爷爷的腿,什么话也不说,只是一个劲地哭,屋子里一片死寂。

看着眼前这个场景,院长猜测:事情绝非那么简单,里面一定有不同寻常的缘由。他静静地坐了下来,等着菲沙的爷爷自己开口。

"唉——"过了好一会儿,菲沙的爷爷终于长叹一声,向院长讲起了数十年前那惊心动魄的一幕。

菲沙的爷爷名叫卡加里亚,和奥尔洛都是二战老兵。在一次丛林战役中,他们所在的部队遭到惨败,菲沙爷爷和奥尔洛虽说侥幸逃了出来,但却误入了原始森林里那个骇人听闻的蝴蝶谷。当时菲沙爷爷正患重病,奥尔洛一看情况不好,硬把菲沙爷爷身上的衣服扒下来,蒙在自己头上。他对菲沙爷爷说:"你反正跑不了,那就成全我吧,我会一辈子感谢你的!"说完,就只顾自己逃命去了。后来,那些咬人的蝴蝶死死缠住菲沙爷爷不放,菲沙爷爷痛得拼命在地上打滚,实在忍受不了了,就用头猛撞身边的大树,他心里只有一个念头:与其这么活着,不如死了算了。但万万没想到的是,就在这时候,从这棵大树上飞飞扬扬落下一阵阵黑色的花粉来,把他全身裹了个严。正是这种从来没见过的花粉,救了菲沙爷爷的命。

"于是你就想到了复仇?"院长被菲沙爷爷这段充满传奇色彩的经历镇住了。

"是啊,那个卑鄙的家伙,我为什么不好好惩治他?我等了这么长时间,才等来了今天这个机会,我不能白白放过他。"

院长转眼看了看菲沙:"这么说,她是你实施报复计划的帮手了?"

"是的,这孩子是我在路边捡到的,我收养她,就是为了等待这样的机会,让她来帮我一起实施我的计划。"菲沙爷爷抬起头,两只眼睛望着屋顶,像是在追寻遥远的往事。

院长沉默了好一阵,说:"可是你们应该知道,这是犯罪,犯罪啊!"

院长转而又像想起了什么,问菲沙:"那么,现在你能告诉我关于你熬的汤……"

菲沙一边流泪一边点头:"院长先生,奥尔洛先生是罪有应得,可吉特先生是无辜的啊,我求爷爷放过吉特先生,可爷爷就是不答应。我实在不忍心让吉特先生跟着奥尔洛先生一块儿死去,于是就在汤里悄悄放了黑花粉。这是爷爷让我随身带着以防万一的,他怕我也被蝴蝶咬着。"

所有的事情终于水落石出!院长立即赶回医院,直奔奥尔洛的病房。此时,奥尔洛正愁眉苦脸地躺在床上,院长说:"奥尔洛先生,能彻底治疗你伤口的药找到了!""真的?"奥尔洛眼睛一亮,"什么药?"院长一字一顿地说:"卡加里亚!"

"卡加里亚?"奥尔洛惊惶地瞅着院长,"他……他没有死?你认识他?"院长意味深长地说:"为了能同你重叙昔日战地情谊,他整整等了你三十年。奥尔洛先生,如果我没有说错的话,这是你第二次遭遇食人蝴蝶的袭击,是吗?"奥尔洛怔怔地望着院长,脸色灰白。

警方很快就介入了这件离奇报复案的调查,以故意杀人罪控告菲沙和她爷爷卡加里亚。与此同时,伤口愈合了的奥尔洛却不惜重金,请来城里最著名的律师,为他们辩护……

(陈泽军　改编)

(题图:佐　夫)

疑 窦 丛 生

思想是无数事实的一种组织形
式,是智慧机械活动的结果。

保密工程

吉祥镇依山傍水,景色秀丽,是个旅游观光的好去处,自打古庙圣泉寺修复开光以来,更是游人如云。但是吉祥镇的基础设施建设却一直跟不上趟,这样下去,势必会影响镇上旅游事业的发展。

新镇长来福走马上任后就开始抓基础设施建设,开山修路,造桥建馆,吉祥镇上一片兴旺景象。但话又说回来,搞建设是要用钱的。这不,最近镇里一项代号为"十二吨工程"的施工任务,就因为资金没到位而面临搁浅的局面。

来福在全镇工作会议上提出"谁搞谁受益"的承包原则,消息在吉祥镇不胫而走。

当晚天擦黑的时候,有人敲开了来福的家门,来人来福认识，是县城宏远施工队的王老板。

王老板朝来福诡秘一笑，说："我说镇长，你得说实话，十二吨工程到底是咋回事儿？"

来福朝他笑了笑，说："对不起，现在暂时保密。"

两人寒暄了一阵，王老板只好起身告辞。临走时，他随手在桌上丢下一个纸包，来福装作没看见，过后，便笑嘻嘻地揣进怀里。

打这以后，接二连三地有包工老板到来福家造访，这样的纸包来福收了十多个。

光收纸包不表态，算什么意思？

一晃一个月过去了，包工老板们着急了，纷纷打电话给来福，催问十二吨工程的事。来福通知他们，星期天上午九点，全部到杏花园路口东侧十二吨工程现场开会。

杏花园路口东侧，是吉祥镇的客运站点，人员密集，大都来吉祥镇旅游观光的人都在这里上下车。

星期天上午九点不到，那些包工老板已经陆续赶到这里，他们不约而同地发现，时隔一个月，这儿平地出现了一座漂亮的白墙红檐新瓦房。

来福冲大伙扬了扬手，说："我给大家介绍一下，这座漂亮的房子，就是我们前一阵搁浅的十二吨工程，今天终于竣工了。我代表镇政府，感谢各个施工队老板对这个工程的大力支持！下面，我按照捐款先后，宣读一下诸位的捐赠数额。"

说到这里，他从口袋里掏出一张红纸，高声读了起来："宏远工程队王老板，捐助三千元；山河工程队李老板，捐助五千元；绿叶工程队张老板，捐助四千元……"

来福在上面读，众老板却在下面你看看我、我看看你，都莫名其妙。

来福读罢名单，意味深长地朝大家微微一笑，说："诸位的捐助不是都放在信封里亲自送到我家里来的吗？我们所以当时没有公开十二吨工程的项目内容，是因为想刹一刹眼下工程承包中盛行着的一股贪大求洋的不正之风，宁可花几千元甚至上万元的公关费拉关系走后门，去投标大项目、大工程，而不愿去干眼下社会急需、老百姓急用的实在事。可能我们的做法不一定妥当，但我们毕竟利用诸位的公关经费，为老百姓办了件实事。现在，请大家参观这个工程吧！"

说完，他轻轻一伸手，瓦房门口那块招牌上的红绸布于是就被揭了下来，露出两个醒目的大字：公厕。下面还有两个英文字母：W. C. 。

大家跑进去一看，不用来福解释谁也能明白，这公厕所以叫十二吨工程，是因为里边有十二个蹲位。

保密工程谜底揭开了，来福带头给捐款的老板们鼓掌致谢。老板们却脸上一阵红、一阵白，是激动还是因为别的原因，只有他们自己心里最清楚。

（史可鸿）

（题图：箭　中）

上级给下级打报告

　　从来都是下级给上级打报告,怎么搞颠倒了,反倒上级给下级打起了报告?

　　这件怪事,发生在兴元县工业局。

　　那天,省厅一位处长途经兴元县,得知县城以北五十里处新开辟了一座森林公园,当即表示要去看看,县工业局的郑局长就一起前往作陪。中午,他们在公园内的山庄餐馆美美享用了一顿丰盛的野味,花去了将近一千六百元钱。吃的时候蛮痛快,可回来报销却碰到了麻烦,会计说:"账上没钱;即使有钱,现在上边抓得正紧,也不好报。"

　　郑局长为难了。那天去森林公园,走得太急,他带去的是临时放在他那儿的扶贫款,马上要送到扶贫点上去的呢! 没办法,只好硬着头皮给下属的红霞机械厂打电话。

红霞机械厂厂长余伟明，是郑局长的老部下。按说给局里报销千把元钱的发票，本是小事一桩，可厂里刚刚作了"严禁滥报吃喝发票"的新规定，余厂长不好带头违反。他手捏话筒想了想，说："局长啊，厂里刚刚发了文，这事儿明着不好办哪！这样吧，是不是请局里给附个情况说明，厂里作为特殊问题解决。"

"写个情况？"电话那头似乎听不太明白。

"局长，"余厂长要紧解释，"没别的意思，走个形式嘛！"

于是，一纸情况说明随即传了过来。"红霞机械厂：兹因我局工作需要接待宾客，花费接待费一千六百元，请你厂给予报销。县工业局，×年×月×日。"

看了这份上级打给下级的报告，余厂长苦笑着摇了摇头。他心里清楚：厂里这个星期刚刚进了一大批钢材，账上其实也空了。于是大笔一挥，在郑局长这份报告的右上角，"刷刷刷"写下这么一行字：加工厂郑厂长，请你酌情给予解决。余伟明，即日。然后便派秘书小王拿了纸条去加工厂报销。

所谓的加工厂，实际上原来是厂里的废铁屑堆放场。厂长郑小峰是钢铁学院的高才生，到厂里才两个月，放着厂办副主任的位置不坐，却迷上了这个废料场，领着一帮人天天在废料堆里打转，清理、分类、酸洗、包装，小山似的废屑经过处理，一吨能卖好几百元钱呢！余厂长一看势头这么好，立刻拍板把废料场变为加工厂，经济独立核算，还能享受许多优惠政策。这样一来，废料场的人积极性大增，短短四个月，竟创下了三十多万利润呢。现在余厂长要报销一顿饭的钞票，还不是一句话！

可是余厂长没料到，一刻钟后，秘书小王拿着那份报告，空手回来了。余厂长吃了一惊："郑小峰不给你报？"

"没有，他答应报。"

"那怎么又拿回来了？"

　　"他说这玩意儿他不敢当。"小王扬了扬手里的那份报告，"他说，请郑局长随便写张条就行了，见条就付钱。"

　　"随便写张条？"余厂长当即打电话问郑小峰："你要搞啥怪名堂？"

　　"我哪敢搞名堂！"郑小峰在电话那头哈哈大笑，"我只要郑局长一张便条。"

　　"我给你写还不行吗？"

　　"你写也可以，但必须征得郑局长同意。另外，还要请他收回上级打给下级的报告。"

　　"好吧，"余厂长一口答应，"你先把钱送过来，最好你自己来一趟。"

　　一会儿，郑小峰果然来了，余厂长打发走了秘书小王，拉着郑小峰在桌边坐了下来。余厂长感慨地说："看我，忙得把你们父子俩的事都忘脑后了。这次，你就帮帮你老子的忙，怎么样？"

　　原来，郑小峰是郑局长的儿子，当初从钢铁学院毕业后，郑局长一心想把他安排在自己局里，可郑小峰坚决不干，一定要坚持学有所用。郑局长没办法，只好把儿子安排到老部下这里，让余厂长给安排个职务，过渡几年再说。谁知儿子到厂里竟会迷上那个废料场，把郑局长气得够呛！父子俩就此闹僵，郑小峰赌气也不回家，决心要搞出点名堂来。现在他有志者事竟成，给厂里带来了滚滚财源，而他父亲郑局长却顶不住来自上面的歪风邪气，打报告求到了他的门下。他要郑局长写条子，就是想以此为据，回去和当局长的爸爸争个高低。

　　那一千六百元钱，是郑小峰这个月的工资。

　　　　　　　　　　　　　　　　　　　　（田俊豪）

　　　　　　　　　　　　　　　　　（插图：刘斌昆）

警察上门

　　一天下午,工商银行行长办公室来了一位公安同志,他出示了证件以后问道:"你们单位是不是有个叫苏晓山的人?"

　　行长心里打了个"咯噔",他知道,苏晓山是去年刚招进来的一个小伙子,白白净净,文质彬彬,各方面表现都很好,业余爱好文学,《金融报》还发表过好几篇他写的小散文,现在怎么公安部门突然找上他了呢? 作为行长,他不能不问个明白:"苏晓山他怎么啦?"公安同志说:"有件事要找他,请你把他叫来好吗?"

　　行长知道,公安部门许多事是保密的,不可多问,便让打字员小张去把苏晓山叫来。

　　小张"嗵嗵嗵"一溜小跑下了楼,来到营业厅,扯开嗓门叫道:"苏晓山,行长叫你马上到他办公室去,公安局的人找你!"他这一叫,惊动了所有的人,一个个都转过脸,抬起头看着苏晓山,心想:这小鬼犯事啦?

苏晓山更是吃了一惊,心里嘀咕道:难道真是"闭门家中坐,祸从天上来"? 他不敢怠慢,急忙上楼,奔进行长办公室。

经行长一介绍,公安同志朝苏晓山一打量,问道:"你是不是订了一份《作家周报》?"苏晓山点点头:"是的。""这就对了。我们在邮局查了半天,说是全县就你一人订了这种报纸。我问你,八月二日的这张报纸还在吗?"

一听这话,苏晓山愣了,他心里清楚,《作家周报》那是一张八开小报,内容大部分是作家谈创作的文章和对一些作品的介绍、评论,这种报纸他从来不收藏,看完到处乱扔,现在还能找到吗? 于是他只得说:"我回家找找看,不知能不能找到。"

"你一定要想办法找到,找到了就打个电话给我,我姓邱。"公安同志留下了电话号码,然后扬长而去。

公安同志走了,虽说他是跟行长和苏晓山握了手以后走的,但苏晓山还是急得鼻尖上冒汗,心也"怦怦"直跳。行长板着脸说:"下午你别上班了,马上回家把那张报纸找到再说。"

苏晓山跨上自行车,出了银行大门,横冲直撞地往家里奔,几次差点跟汽车碰头,连汽车司机的骂声都顾不得听了。他心急火燎地赶回家,冲进卧室就翻,翻完写字台翻书柜,翻完书柜又翻床铺,连床底下、沙发背后、字纸篓都翻了个遍,闹了个满屋子一片狼藉,可就是找不到八月二日的《作家周报》。他一屁股跌坐在沙发里,将近来所做的事情和所写的文章,都细细地"过滤"了一遍,想来想去也想不出自己有触犯法律的言论和行动。莫非犯了事自己还蒙在鼓里?

苏晓山正在发愁,他妈妈走了进来,一见这情景就问:"哎呀呀,你这是干啥?"苏晓山哭丧着脸说:"一张非常重要的报纸不见了。""你啊,平时看完报纸到处乱扔,紧要关头抓瞎了不是?"

　　妈妈唠唠叨叨地到厨房里拿来了一包粉丝,说:"你看看这张包粉丝的报纸是不是?"苏晓山抖开一看,啊,果然是他要找的那张,顿时转忧为喜,顾不上再和妈多说什么,冲出门,跳上自行车就直奔公安局。

　　苏晓山满头大汗地赶到公安局,一看手表已临近下班时间,连汗也顾不得擦一把,就急巴巴地往里闯。可是门卫却叫住了他:"喂喂喂!你找谁?"苏晓山连忙停住脚步说:"找你们一位姓邱的同志。"

　　"姓邱?我们这里有三个姓邱的,你找哪一个?"这下苏晓山可挠开了头皮:自己和这位姓邱的公安只是一面之交,不知他的职务,也不知他的名字,这可怎么办?情急之中,他想到了电话,连忙掏出那张写着电话号码的纸条递了过去:"这是他写给我的电话。"门卫接过纸条看了看,说:"好吧,你在这里等着,我给你打个电话问问。"说完,进了传达室。

　　苏晓山站在门口等啊等,足足等了十五分钟,总算等来了他要找的那位姓邱的公安,便连忙迎上去说:"邱同志,你让我找的东西找到了。"说完,递上那张皱巴巴的报纸。

　　那姓邱的接过报纸一看,确是八月二日的《作家周报》,脸上马上露出了笑容,还拍拍苏晓山的肩膀说:"谢谢你。"苏晓山问:"邱同志,我还有事吗?""没你的事了,你可以走了。"

　　听姓邱的这么一说,苏晓山那提起的心才放了下来,他长长地松了口气,推起车子刚要走,只听那姓邱的在高声嚷道:"马局长,您儿子写论文要参考的那张报纸,我花了九牛二虎之力,总算找到了……"

　　"什么?"苏晓山猛吃一惊,自言自语地说,"啊,原来如此!"

(作者:钱玉亮;讲述者:吴文昶)

(题图:魏忠善)

墙缝里伸出一张硬卡

钱莫莫卫校毕业后,留在城里医院外科住院部当护士,医院里没有单身宿舍,她就在医院附近租了间房。

这天下班回家,刚踏进房门,莫莫就发现阳台上与隔壁一墙之隔的墙缝里伸出一张硬卡,抽出来一看,上面写着:妹妹几时有?把酒问室友;不知隔壁姑娘,可有男朋友?我欲凿墙看去,又恐墙壁太厚,疼坏我的手。

这邻居本事倒是蛮大,这样的墙缝,他居然能把这张硬卡塞过来?莫莫猜不透邻居想搞什么把戏,于是就把眼睛凑到墙缝上去看,可也看不出什么名堂。莫莫住进这套房子已经快有两个月了,隔壁邻居长什么样,她从来没见过。莫莫不希望和邻居惹出什么事来,于是也找出一张硬卡,"刷刷刷"龙飞凤舞地写了一行字：拜请隔壁仁兄，千万别再凿墙缝，我已经有男朋友了。写完，就从这条缝里塞了过去。

莫莫的男朋友，是和她同一个医院的医生，名字叫潘越。莫莫喜欢浪漫的求爱方式，潘越每天变着花样给莫莫送花送情调，于是莫莫很快就对潘越有了来电的感觉。医院里其实不少青年医生都很喜欢莫莫，但莫莫最终选择了潘越。

莫莫原以为把话给邻居说透就没事了，可谁知第二天墙缝里又塞过来一张硬卡：月有阴晴圆缺，人有悲欢离合，此事古来有；估计没多久，你俩就分手！

这邻居怎么这么说话呢？莫莫看了挺生气，"刷刷刷"三下两下又写了一张硬卡塞过去：我与他地老天荒永不分手，你就死了这条心吧！

谁知莫莫的这个邻居真够牛的，第三天，硬卡又塞过来了：天不会老，地不会荒，但美人会老，爱情会荒。世事短如春梦，爱情薄似秋云，小心花花公子，骗你一片痴情。

这真是一个难缠的家伙！莫莫怕时间一长，真要惹出什么事情来就不好办了，于是把这张硬卡反过来，重重地在上面画了一只乌鸦，用两条细胶布交叉贴在乌鸦嘴上，塞进了墙缝。

隔壁那家伙总算还有点自尊，这一下终于闭了嘴，没有再来继续骚扰。

但奇怪的是，没过多久，莫莫真被那个"乌鸦嘴"邻居说中了：潘越对莫莫的追求，在浪漫了一段时间之后就真的走向了荒凉，上个星期，他已经另结新欢爱上了别的姑娘，莫莫成了被潘越抛弃的"旧人"之后才知道，其实潘越是医院里有名的花花公子，与莫莫拍拖三个月已经算是"天长地久"了。因为潘越是潘院长的公子，因此医院里没人敢提醒莫莫。

莫莫伤心得躲在租住的小屋里，像猫一样蜷缩在沙发上，根本不想出门。就在这个时候，她突然发现那个乌鸦嘴邻居又从墙缝里塞过来一张硬卡,抽出来一看,上面写着:天涯何处无芳草,何必单恋一根草?

"要你多管闲事?"莫莫气得把硬卡丢进了墙角的废纸篓里。可转念一想:不对呀,那家伙怎么会知道自己失恋的事情呢?她越想越觉得不可思议,猛抬头,却从镜子里找到了答案:分明是自己的脸色不对嘛,就好像把"失恋"这两个字写在脸上似的,任谁也看得出来啊!不过这也至少说明,隔壁这个乌鸦嘴一直在关注自己。他会不会就天天躲在猫眼后面看自己进进出出?这是怎样的一个人呢?莫莫努力回想着自己搬来后在楼道里遇到过的人,突然觉得自己好傻:何必这么费力地去猜测呢,到隔壁去看一下不就全知道了?

于是,莫莫就去敲隔壁的房门,可敲了半天里面一点反应也没有,莫莫不免有点失望。从这以后,她就开始对隔壁邻居留心起来,每天上下班进进出出,都会朝隔壁多看两眼。奇怪的是,隔壁那扇房门好像从来没有开过,里面总是静悄悄的没有任何动静,而自己家里那面有缝隙的墙上,却每天都有新卡塞过来,不是嘘寒问暖,就是给莫莫讲笑话,口气越来越温馨,内容越来越具体。

这到底是怎么回事呢?莫莫实在猜不透原因,也不想再去猜了。不过,渐渐地,看硬卡成了莫莫每天回家的头件事情,甚至每天出门的时候,她都会想:今天回来,硬卡上会说些什么呢?时间长了,因为老看不到隔壁邻居的真面目,这晚莫莫终于忍不住塞了一张硬卡过去:为什么我从来没见过你回家?

邻居的答案第二天就从墙缝里塞过来了:也许我回家的时候,你正好在睡觉或上班。你上的是倒班,所以我们两个人老碰不上。

既然这样,那就随它吧!可时间长了,莫莫真想见见这位神秘的邻居。奇怪的是,对方总是不肯露面,他在硬卡上说,见面的时候,就是他要追到莫莫的时候;但现在还不是时候,因为他不想"乘虚而入"。

这番话,倒是引起了莫莫对邻居更大的兴趣,她想方设法地打听,终于知道隔壁这套房的主人,名字叫"梁晨"。"梁晨?"莫莫轻轻地念着这个名字,心里不由感叹着:神神秘秘的举动,却有一个这么阳光的名字!

这天,墙缝里又有一张硬卡在等着莫莫了。硬卡上说:要过年了,墙缝的使命是不是该结束了?莫莫把硬卡拿在手里,忍不住笑出声来。当天莫莫上的是夜班,刚出门,就发现隔壁有灯光,她的心顿时"咚咚咚"地跳了起来,犹豫了一下,忍不住敲响了隔壁的门。

来开门的是一个英俊的男人,穿着睡衣,二十七八岁的样子,感觉很亲切。莫莫几乎能听见自己的心跳,一时不知说什么好,傻傻地问道:"梁晨,你就是梁晨?"男人点点头,愣愣地看着她。

这时,从里面传出一个女人的声音:"晨,谁来了?"随即,一个也穿着棉睡衣的漂亮女子从里面走出来,亲热地倚着梁晨,奇怪地打量着莫莫。

他已经结婚了?莫莫顿时就感觉一盆凉水从头浇下来,结结巴巴地说:"我、我是你们邻居,一直没见过你们,想、想和你们打个招呼。"

女人狐疑地看着莫莫:"你是我们邻居?既然没见过,你怎么知道他叫梁晨?"

莫莫恨不能把自己变成一缕轻烟飘散掉,只好尴尬地解释说:"我……我也是听别人说的,对不起,打扰了。"说完,转身逃下了楼。

一路上,莫莫不住地哀叹自己为什么总是遇上这种把爱情当儿戏的人,泪水不争气地从她的脸上流下来,她拼命地擦呀擦,想在到单位之前把眼泪擦干,可那伤心的泪水就像泉水一样,怎么都止不住。没办法,莫莫只得打电话给单位,称自己生病,逃回小屋后,就一头钻进被窝,蒙头睡觉。

第二天傍晚,有人来敲门,竟是隔壁梁晨夫妇,请莫莫去他们家吃饭。女人分外热情,莫莫不好意思拒绝,只得别别扭扭地去了。

进屋刚坐下,莫莫就见医院里的石医生乐呵呵地进来了,把手里的一束花递给女人,说:"姐,昨晚上让你和姐夫闹误会了。这花送给你,算是替你们的邻居赔罪。"

莫莫惊讶极了:"她是你姐姐?"

石医生笑了,把手里的另一束花递给莫莫,说:"是啊,我姐姐和姐夫在外地工作,平时这房子空着,他们让我帮着照看……"

"那……那些硬卡都是你塞过来的?"

"是啊!"石医生的眼睛里闪着狡黠的光,满脸是得意的笑。

"你……"莫莫不由红了脸,但更加觉得不可思议,"我们在医院天天见面,你有话当面说就是了,为什么要这么做?"

"傻丫头!"石医生乐了,"你不是喜欢浪漫吗,我可是绞尽脑汁才想出这个办法来的!"

石医生的姐姐和姐夫早已哈哈笑着钻进厨房,把客厅留给了他们……

(阿 辞)

(题图:王申生)

艳
饵

　　狄村先生年过四十,是东京国家科研机构的首席专家,住在东京某小区单身公寓里。近来狄村发现对面一百米左右的另一座公寓的一扇窗户后面,有个人老是在上午九点钟以后,向他这边瞧着什么,而且一连好多天,天天如此。狄村先生开始还不在意,但到后来,他觉得问题不那么简单。

　　凭感觉狄村能辨认出对方是个女人,至于长相如何,身材怎样,就不得而知了。这天晚上,狄村集中精力向对面多看了几眼,发现那女人的房间里灯火通明,她似乎身着健身服,在客厅地毯上捣腾着练身。"啊,多好的女人,多美的身段,不过,她究竟长得什么样呢?"可怜无论狄村如何睁大了眼睛,运足了目力,也不能够再看清楚分毫,女人的脸似乎罩着一层面纱。狄村是个爱打破砂锅问到底的人,觉得要想办法解决这个问题。

第二天早上,"咚咚咚"的敲门声惊醒了酣睡中的狄村。他起身穿上睡衣,隔着门上的"猫眼",看到一个陌生的年轻人背个老大老大的包,一脸的风尘,正站在门外。

狄村开了门,不高兴地对那年轻人说:"你为什么打扰我?"

"啊,先生,打扰您休息了,实在对不起。可是,先生,我给您带来了一件东西,您也许会需要的。"年轻人说得飞快,不容狄村插嘴,就极为利索地从包内取出架望远镜来。

"先生,像您这种有身份、有地位的绅士,观光啦,旅游啦,这东西一定是少不了的。而要饱览名山大川,没有望远镜的帮助岂不大煞风景吗?"年轻人侃侃而谈。狄村立刻想到了那个女人,想到可以借助这玩意儿揭去她的神秘面纱,心中不由升起一股异样的冲动。他忙说:"那好,就留一架吧!"说罢,立即付钱。

打发走了年轻人,狄村就迫不及待地走到窗前,举起望远镜,向女人的窗口望去。呀!眼前的情景不由让他大为惊叹:女人房间的窗口如在眼前,似乎伸手可及;女人房内的一切历历在目,就连墙上挂钟的指针在一格一格地跳动,也看得一清二楚。喔,太好了!狄村心里一阵激动,他知道,再有五分钟,女人就会站在窗前往外张望了,她一向很准时。

然而五分钟过去了,十分钟过去了……一个小时过去了,那女人并没有出现,狄村只好失望地放下望远镜,揉了揉发酸的双臂,等待夜晚的降临。

期盼已久的夜晚终于到了,女人房间的灯也终于亮了。狄村通过望远镜,立刻为女人绝世的姿容所震惊,而且对那女人忽然有了一种似曾相识的亲近感。

过了一会,那女人拿了健身服坐在床沿,看样子要换衣服,只见她微微掀起的裙幅下露出两条白皙如脂的玉腿。狄村不由血脉贲张,心跳加快,眼睛紧紧贴在望远镜上,等待那香艳刺激的一刻。可就在这时,那女人忽又站起,走到窗前,拉拢了窗帘。狄村不由懊恼起来,慌忙调节望远镜的焦距,但无论他如何调节,留在镜头中的女人,也始终是个可望而不可及的蒙眬倩影。

狄村满怀遗憾地收起了望远镜,躺倒在床上,可人像烙饼似的翻来覆去,直到凌晨三点多才迷迷糊糊睡着。然而尚未睡踏实,就听门外有人"咚咚咚"敲门,他爬起来一看,又是上次来的那个年轻人,手里拿了个两尺多长、黑乎乎的东西。

"先生,早上好! 再次打扰您休息,真是对不起。先生,看到我手中这个东西了吗? 这是本公司的最新产品:红外线滤波望远镜,它能穿云透雾,即使在茫茫黑暗中,也能让您明察秋毫。"年轻人滔滔不绝地说道。

"好了,好了,请你住口,我不需要它。"

"先生,先生,听说中国的黄山终年云遮雾绕,风光绮丽,是人间仙境,世外洞天。先生,没准您会到黄山一游。当您游览黄山最著名的美女峰时,恰恰有云雾一朵使您不能尽睹美女姿容,岂不落得终生遗憾?"年轻人一个劲地动之以情、晓之以理。

狄村想了想,说:"好吧,我买下了。"

夜的大幕终于又合上了,女人房间的灯又亮起来,而狄村先生的心也开始了新的狂跳。因为那薄薄的窗帘在高级望远镜的视界中并不存在,就连健身服内的女人身体,也几乎一览无余了。他痴痴地看着,竟忘记了时间。

突然,狄村看到了他终生难忘的一幕:一个男人出现在女人的房间,挥动一把雪亮的弯刀,刺入那女人的胸膛,一时间血流如注,女人倒在地上,痛苦地挣扎着。男人打开床头的皮箱,乱翻了一阵,然后便匆匆离去,连门似乎也没顾及带上。

狄村是个善良而又不乏正义感的人,任何人有危险他都会挺身而出,拔刀相助,更何况遭难的是一位让他心动的女人。他马上放下手中的望远镜,不顾一切地冲到对面女人房间,俯身抱起奄奄一息的女人,轻声而急促地说:"喂,小姐,小姐,你醒醒,千万要挺住! 我马上叫救护车。""不用了,我快不行了,拜托您……您看看我……床头箱子里东西还……在不在。"狄村听话地放下女人,走到床边,打开箱子,里面空空如也。他焦急地说:"小姐,小姐,箱子里什么也没有了。""那好,谢谢……"一句话未说完,女人就咽下了最后一口气。

几天后,邮差把一封信交到狄村的手中。信是打印的,没有落款,信中写道:

狄村先生:

听说您涉嫌一桩公寓谋杀案,目前警方正在对您展开调查。我们手头拥有三个警方尚未掌握的目击证人,他们将会证明您在案发现场,而且怀中还抱着死者。当然,我们掌握的证据远不止这些,比如您房间里的那两架高级望远镜等等。

以上证据足以把您送入监狱,甚至送上绞刑架。如果您还想呼吸人间自由的空气,不想身败名裂的话,请您务必在晚上十点,到银座大街 A 厦 B 层 D 号房间一见。

狄村匆匆看完信,不禁呆若木鸡,他知道自己陷入了一场连环计之中,不得不照着做了。

晚十点,他准时推开 D 号房间的门。房间很大,光线有些昏暗,狄村吃惊地发现,两次卖给他望远镜的年轻人,正端端正正坐在沙发上。见他进来,年轻人慌忙站起,谦卑地说:"狄村先生,欢迎您的到来,请坐。"

狄村并没有坐,而是强抑愤怒地说:"信我收到了。我问你,你到底想干什么?"

"没什么,狄村先生,谁让您是工程科技的权威而手握重权呢？我只要您在下个月的招标会上投我们公司一票，让我们公司的产品随你们即将发射的军用通讯卫星升入太空，就行了。"

"这样你们就可以随时窃听我们的军事机密！"

"哈，狄村先生真是快人快语。我们知道您不缺金钱，不缺荣誉地位，您唯一所缺的只有女人，一个让您一见倾心的漂亮女人……说真的，为了让您能到这儿来，我们可真费了不少劲呢。"年轻人娓娓而谈，好似胜券在握。

"不错，我狄村是爱女人，但你们想以此种卑劣手段使我屈服，简直是痴心妄想！"

"狄村先生，名誉可是一个人的第二生命呀！尤其像您这样的名人。难道您就不怕身败名裂？一个享誉海内外的大学者，夜晚闯入一个年轻貌美的女人房间，人们会怎么想？您可要三思呀！"

狄村被深深地震住了，他慢慢低下头，身子在微微发颤。但很快他又挺直了腰板，昂起头，大声说："我不怕，我什么都不怕！你们可以精心策划置我于死地，但我相信历史是公正的。"

"狄村，看来你是敬酒不吃吃罚酒了？那我就成全你！"年轻人咬牙切齿，露出满脸的狰狞，"你知道中国古代的凌迟吗？就是把人扒光了衣服捆在柱子上，用刀把身上的肉一片一片割下来，而人呢，要两三天才会死去。那滋味你也想尝尝吗？"

"我狄村一步走错就够了，岂能再做对不起国家的事？要杀要剐随你的便！"

年轻人勃然大怒，拔出一把雪亮的弯刀，逼上去一脚踢倒狄村，将他踩在脚下，弯刀一下刺破了狄村的胸肌，殷红的血立刻染红了他的衬衣。

"干不干？"刀尖一点一点在滑动。

"哼！随你便，老子要叫一声不算好汉！"狄村咬紧牙关，额头汗如雨下。

就在这紧要关头,房间里突然灯火齐明,从里间走出几个人来,为首者连连打哈哈道:"狄村先生,让您受惊了,请多多包涵。"狄村睁大眼睛,吃惊地看到,站在面前的居然是自己的上司和几个副手,同他讲话的是长官川岛先生。那个年轻人忙搀起狄村,拿出纱布药品为他止血包扎。

狄村如坠五里雾中,不解地问道:"这、这是怎么回事?"

"是这么回事,狄村先生,"川岛长官一脸严肃地说,"我们准备派您去美国参加一项绝密工程研究。这项研究关系重大,绝对不能有一丝一毫的漏洞。国家保密机关考虑您年过四十而一直单身,担心您在国外为色所迷,故而精心安排了这场考试……当然,您后来的表现,证明您完全可以信任。狄村先生,一切都是为了国家,请您务必谅解。"

这时,年轻人插话道:"狄村先生,我是国家保密机关的特工,刚才我用刀子伤了您,让您受惊了。""没什么,能为国家流血我感到光荣。""狄村先生,您知道您所看到的女人是谁吗?""不知道,只是有些眼熟。"年轻特工说:"她就是大影星山口小姐,她现在安然无恙。山口小姐说她很感激您能在危难时赶来救助,说明您心地善良,而她就想嫁这样的男人。川岛长官做的大媒,山口小姐留下了电话,等您约她吃宵夜呢。"

"我马上就去。"狄村先生边走边说,"不知哪里能买到红玫瑰?一个男人不结婚,总是让人不放心!"

(赵海江　编写)

(题图:箭　中)

卑劣的合作

一个炎热的夏天，某公司职员秋夫正在浴池里洗澡，忽然有一个人拍着他的肩头说："朋友，你现在吉星高照，就要发财了！"

秋夫一时丈二和尚摸不着头脑，不解地问道："我？发什么财？"

那人指着他后背上的一颗黑痣，说："你看，就凭这颗黑痣，就完全可以继承一笔百万家产！"

那人见秋夫疑惑的样子，便把他拉上池，详细说明了事情的原委。

原来，这人名叫和田，是一名私人侦探。最近，他接受了一位叫惠子的女人的委托，让他寻找失散多年的哥哥，惠子的父亲积累了一笔不小的财产，需要这个儿子来继承。和田对秋夫说，要找到真正的儿子,无疑是大海捞针,再说即使找到了,他得到的不过是一点有限的酬金,这样的话,何不找一个替身,事成之后,两人都有一个发财的机会。根据惠子提供的资料,秋夫很符合要找的这个人的特征,三十多岁,后背上有颗黑痣。

秋夫听后,虽然被发财的梦搞得有些心动,但仔细想想还是有些犹豫害怕。和田说:"你放心,我是干什么的? 只要你按我说的去做,保证你百万财产一夜到手。这笔财富,凭你一个小职员,一辈子都挣不来啊!"秋夫终于被和田说动了心,于是就按照和田的设计,敲响了惠子的家门。

出来开门的是一位二十七八岁的女人,秋夫认定,这一定是惠子。

"你是哪位?"开门的女人问道。

"我叫原田秋夫。请问,这是山利一郎先生的家吗?"秋夫故意做出紧张和拘谨的样子。

"是的。请问你是……"

"和田先生已经和你们联系过了吧? 我就是山利先生要找的儿子。"秋夫说着,他看到惠子的眼睛睁得大大的。

"啊,是的,和田先生刚刚来过电话,我正在猜想来人的样子呢!"

秋夫被惠子盯得心里发慌,出于掩饰,他反问道:"请问,你是……"

"请原谅,我是山利先生的女儿,也就是你的……"惠子说到半截停了下来,秋夫知道她没说出口的一定是"妹妹"两个字,他很能理解惠子没有很亲热的表示,于是说:"就是说,你是、你是……"他也故意表现出不好意思叫妹妹的样子。

于是,惠子将秋夫领进了客厅。

秋夫从室内的装潢、摆设看得出,这父女俩的生活很富足,一想到这财产中的大部分今后就要归自己了,秋夫心里一阵兴奋。

两人闲聊了几句之后,秋夫按和田事先的策划,把话引入了正题:"父亲在家吗? 我很想早点见到他!"

惠子说:"父亲正睡午觉,年纪大了,身体又不太好,我们这里先谈着吧。事情你大概已经听说了,三十年前,父亲因生活所迫,不得不把一个刚出生的男孩丢弃。他现在年老了,有了财产,就非常想念丢弃的儿子,有时候甚至苦恼得不像样子。为了一家人能早日团聚,我就委托和田先生办这件事。"

秋夫便也把和田怎样找到自己的经过,按着和田的意思,给惠子介绍了一遍,当然,这里面的阴谋他是不会说的。

果然,惠子听完秋夫说的经过后,有些疑问地说:"黑痣这点是完全符合的,但仅凭这一点还不能完全说明问题。"

于是,秋夫就从随身带来的提包里,拿出了事先准备好的有关自己血型、养父母的证明等材料,递给了惠子。

惠子看着文件,不时皱起眉头,秋夫在一旁看着,心里紧张得要命。

只见惠子看完后,点点头,说:"这样吧,最后还是让父亲来判断吧!"

"当然。"秋夫连忙表示,"只要一见面,相信父亲马上就会认出我来的。"秋夫对自己与惠子父亲见面的演技很有信心,那种兴奋、羞怯而又淡漠委屈的复杂表情,他不知反复练习过多少遍了,甚至能流出眼泪来。

此刻,秋夫眼眶里就有泪水在打转转,他鼓励自己,一定要经得住最后的考核,确保拿到那份家产。当然,他也敏锐地觉察到了此时惠子的心事:既有相逢的喜悦,又有对他的不安和警惕。关于这一点,和田先生特别告诫过秋夫:对于惠子来说,多一个继承人,就多一份家产的损失。所以,必须要过好惠子这一关,否则,只要惠子从中稍一作梗,事情也许就泡汤了。可以说,过好惠子这一关,是这件事成败的关键。所以,秋夫事先已经按照和田先生的意思,从亲朋好友那里借了一笔钱,买下了一条钻石项链。

这时,秋夫就把项链从皮包里拿出来,递给了惠子:"第一次见面,没有什么好送的,不知你是否喜欢?"

惠子接过项链,刹那间,原本脸上那种疑惑的表情立刻不见了,顿时喜笑颜开:"啊,真好!很贵吧?"

秋夫装着满不在乎的样子说:"哪里,又不是什么值钱的东西!"

实际上,这条项链的价格,等于秋夫三年挣下的薪水收入,他心里哪能不痛?不过此刻,他看着惠子欢快的笑容,放心了许多,百万财产看来马上就要到手了。他振奋起精神,开始了最后的冲刺。

"父亲该醒了吧?我真想见到他。"

可是,惠子把项链戴在脖子上,一边照着镜子,一边却说出了意外的话:"唉,见到他也没用。"

"什么?这是什么意思?"秋夫急了,"难道你不相信我真是他的儿子?"

"哼!"惠子收起刚才满脸的笑容,冷冷道,"秋夫先生,别演戏了好不好?实话告诉你吧,我父亲从来就没有什么儿子!"

秋夫没想到结局会是这样,立刻恼羞成怒地跳了起来:"真是岂有此理,你居然制造骗局来戏弄人?"

惠子立即反语相讥:"要想来这里骗人的,到底是谁呀?"

秋夫一时语塞,加上本来就心虚,只好站起来说:"那么,好吧,请你把项链还给我!"

"这不是你送给我的吗?你要是非得拿回去的话,请到警察局告我去吧!不过,这样你得先坦白自己的诈骗行为。"

"你——"秋夫知道自己碰上了一个难缠的女人,对付这种女人,再多的话也是没有用的。秋夫拉开架式,想动硬的。

正在这时,门开了,只见和田拿着手枪走了进来。秋夫一见和田,喜出望外,指着惠子说:"和田先生,你来得正好,这个女人骗了我们……"

但秋夫说着,突然发现有些不对劲,因为和田手里的枪正指着他。只见和田和惠子相互对望了一眼,哈哈大笑起来,秋夫这才醒悟过来,原来和田与惠子才是真正的合作者。

秋夫这回没招了,想起所费的苦心和筹借买项链的钱,竟蹲在地上"呜呜"地哭了起来:"你们……你们可把我骗惨了!"

惠子一下又把冷面孔换了回来,安慰秋夫说:"我教你一个好办法。"

"事到如今,还会有什么好办法? 除非你把项链还给我。"

"唉,你这个傻瓜!"惠子一点秋夫的脑袋说,"你也去扮演和田的角色呀! 你也去找个傻瓜,送到这儿来,干得成功,收入分你一半。抓他十个八个的,你想想看,会是什么样子?"

"你是说,我们俩合作?"

"是呀,"惠子得意地笑了,"和田是我的第八个合作者,你是第九个……"

(孙洪鹏　改编)

(题图:箭　中)

卖雨伞的人

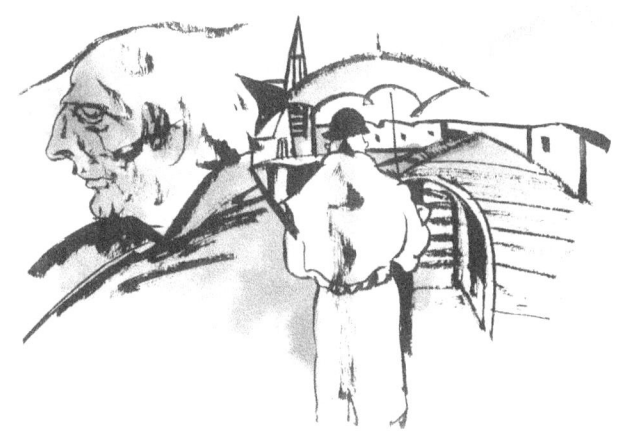

　　这天下午,妈妈带十二岁的儿子汤姆去看牙医,离开诊所时,天上下起了小雨。母子俩站在雨中的人行道上,准备打车回家,然而来来往往的出租车虽然很多,但车上都有乘客。

　　就在他们四处张望时,有个小老头撑着雨伞朝他们走来:"请原谅,太太,能否帮个忙?"因为叫不到车,妈妈心里很着急,所以说话时就没有什么好脸色,冷冷地问:"有事吗?"如果换了别人,看到妈妈这副样子,或许就会知趣地走开,但小老头却宽厚地朝妈妈笑笑,说:"请相信我,我还从来没有在大街上向一个女士诉过苦,可今天……今天我忘了带钱夹了。"

　　"是要钱?"妈妈冷笑道,"要钱的话就直说,我们在这儿都快被淋成'落汤鸡'了。""我知道,"小老头点点头,"我想把这把伞让给你们避雨。只要您能给一英镑,我就好打车回家了,我每天都步行一段长长的路,然后就打个车回家,天天如此。""那……你既然没钱,可以继续步行回家啊?""不行,我老了,累了,我走不动了。"

妈妈不由朝小老头手里的雨伞打量了一眼,她惊讶地发现,这是一把工艺精良的丝织雨伞,她以前只是在商店的橱窗里看到过。难道只给一英镑,就可以换来这样一把伞?她心里不由猜测道:这小老头,该不会是在玩什么花样吧?小老头似乎看透了妈妈的心思,说:"太太,我向您发誓,这把伞是我上个星期花二十英镑买来的,可问题是它现在对我一点用处都没有。我只想赶快打车回家,歇歇这双老腿。"妈妈被他这番话说动了,想了想,就从钱包里掏了一英镑出来。小老头接过钱,非常爽快地把伞给了妈妈:"谢谢您,太太,谢谢您!"说完,就走了。

妈妈欣喜地对汤姆说:"瞧,孩子,咱们今天算走运,我还从来没有用过这么好的伞呢!"汤姆非常不解:"妈妈,那你为什么还对他那么凶呀?"妈妈答非所问地说:"呵,看来他不是骗子,是富翁。呵呵……"

"可是,妈妈,你看,他说走不动了,要打车,可他……"汤姆和妈妈说话的时候,其实两只眼睛一直没有离开过那个小老头。妈妈顺着汤姆的眼光抬眼一看,小老头此刻正左闪右躲地避着来往的车辆,已经穿到了马路对面,两条腿显得非常灵巧。

妈妈的眉头皱了起来,身子僵立在那儿一动不动,她的两只眼睛直盯盯地注视着那个越走越远的背影,忽然对汤姆说:"走,孩子,我们去看看,这到底是怎么回事?"说着,她拉起汤姆的手,穿过马路,紧紧跟了上去。

汤姆有点担心:"妈妈,如果他回头看见我们怎么办?""别说话!"妈妈紧紧拉着汤姆的手。就这样,他们一路紧跟,一直跟到一个交岔路口,只见小老头右拐,再左拐,走进了一家酒馆。

汤姆问:"妈妈,进去吗?""不,"妈妈朝汤姆摇摇头,"我们不进去,就在外面看着。"这家酒馆的一侧,有一扇很大的落地玻璃窗,妈妈拉着汤姆走近前去,选了一个隐蔽的角落,正好可以把里面的情景看个八九不离十。

他们发现,那个小老头此刻已脱了帽子和外套,正穿过坐满了顾客的厅堂,向吧台走去。到了吧台前,他将两只手往吧台上一撑,跟服务员交谈了几句,不一会儿,就见服务员给他端来一杯酒。小老头将一枚钱币,肯定就是妈妈刚才给他的那一英镑,朝吧台上一搁,然后端起酒杯,一仰脖就喝了个底朝天。

妈妈惊叫起来:"一英镑啊,他就这么吞了?"汤姆在一边认真地纠正说:"妈妈,不止是一英镑,是二十英镑。他不是说,这把伞他是用二十英镑买来的吗?""他一定是疯了!"妈妈一边说,一边不住地摇头,继续透过落地玻璃窗朝酒馆里张望。

她看到那小老头端着空酒杯站在吧台前,红润润的脸上满是笑。接着,他放下酒杯,离开吧台,穿回厅堂,来到酒馆门口的衣帽架前,戴上脱在那里的帽子,穿上外套,仿佛漫不经心地随手拎了一把悬挂在那儿的雨伞,走出了酒馆。

汤姆失声叫起来:"小偷!妈妈,他不是已经把自己的伞给我们了吗?他拿的是别人的伞,他是小偷!""嘘!别说话!"妈妈拉了拉汤姆,"我们再看看,他到底还要玩什么把戏!"

妈妈把雨伞放低,从伞底下窥视过去,发现那小老头又继续向刚才来的方向走,走出没多久,就停下和一个瘦高个男人在说话,一会儿之后,就见他从男人手里接过一枚钱币,然后把手里的伞递给了对方……

母子俩惊呆了!

(青 闰 编译)

(题图:箭 中)

疑 情 种 种

一个人曾经热恋过或者厌恶过的地方,总会给人留下一丝不能完全忘却的回忆。

长眼睛的怪树

　　这一天，浙西山区的茅草村来了位修理匠，七十多岁年纪了，挑着一副小担子串街走巷，他到处敲敲打打，补鞋修伞、箍桶换锅底，什么事儿都有求必应。人们不知道他姓甚名啥，见他秃着个脑壳，便叫他秃师傅。

　　秃师傅手艺精，开价又便宜，所以很受村里人欢迎。但有一点很奇怪，他挑着担子走东家、串西家时，两只小眼睛总是"骨碌碌"不停地东张西望，似乎在寻找什么。这天下午，他走进村西马阿昌家，一看到院子里那棵树，突然就抛下担子扑了上去，久久地抚摸着，半晌没说话。

　　马家媳妇秋兰见秃师傅这个样子，心里好生奇怪。

　　马家院子里的这棵树是棵怪树，谁也叫不出它的名字，树叶有手板那么大，正面光得发亮，背面却毛茸茸的，而且树干上的纹路有点怪，像一只只眯着的眼睛似的。秋兰记得，婆婆活着时就告诉过自己，早在她嫁过来的时候，这棵怪树在院子里就是这个样儿了，多少年来也不见大，每年春天发芽，秋天落叶。因为长在院子里不碍事儿，夏天还可以遮太阳，所以就一直留着。

难道这个秃师傅会和这棵怪树有关系？秋兰心里猜测着。

只见秃师傅在树下站了好一会儿，然后，回过身向秋兰讨水喝。秋兰是个贤惠的女人，见秃师傅不说，她也不好意思追问，于是就应声把秃师傅让进屋，给他端过椅子，端上热茶，让他坐下慢慢喝。

秃师傅喝着茶，东看西看，东聊西聊，最后开口道："嫂子，我可以同你商量件事吗？"

秋兰问："什么事？你说吧。"

秃师傅指指那棵树，说："秋天这棵树落叶的时候，你能不能替我把这些树叶保存好，到时候我来向你买，一片树叶一角钱。"

秋兰惊异地问："你要树叶干什么？"

秃师傅眨眨眼："我……我有用……"

秋兰将信将疑："你这话当真？这树叶子真有用？"

秃师傅肯定地点点头："我说话算话，到时候你替我收好，我一定来，一片树叶一角钱。"

"那……"秋兰说，"那你到时候来取就是了，这树叶子，还要什么钱？"

当天晚上，秋兰把这事同丈夫阿昌说了。阿昌怎么也不相信，连连摇头，说："这秃老头，不是在开玩笑就一定是神经病。世界上哪有这种事，一片树叶子一角钱？嘿嘿，做梦去吧！"

可让阿昌大吃一惊的是，这年秋后，秃师傅果真来了！他把秋兰扫成一堆的树叶子一张张地数了一遍，一共是5230张，他当真就留下了523块钱，把树叶子都带走了。临走时，还特别给秋兰交代,明年这个时候,他一定会再来。

　　这下子,阿昌和秋兰整夜整夜地睡不着觉了。阿昌想,这老头用一角钱买一片树叶子,那就说明这树叶的价值肯定远远不止这些,否则,谁肯做赔本的买卖? 他想起两年前,隔壁人家一只喂鸡的破碗,被城里人十块钱买了去,当时还以为发财了呢,后来才知道,这玩意儿人家城里人一转手卖了几万块钱哪!

　　阿昌越想越觉得这树叶子的价值深不可测,自己绝对不能犯隔壁人家卖破碗的错误。夫妻俩经过几天几夜的苦思冥想,终于想出了一个办法……

　　第二年秋天,秃师傅又来了。这次阿昌和秋兰待他如上宾,树叶子的交易结束后,他们又递茶又敬烟,还留他吃饭。末了,阿昌把十八岁的儿子领到秃师傅面前,一定要他收下做徒弟。

　　秃师傅奇怪了:"现……现在是什么时候啦,好工作多的是,你们……你们是开玩笑吧?"

　　夫妻俩忙说理由,搬出一条又一条,说到最后,眼珠儿都说红了,眼泪都快要流出来了。盛情难却,秃师傅只得同意。于是夫妻俩千恩万谢,第二天就让他把儿子带走了。他们的小算盘打得很精,让儿子一步不离地跟着他,不就可以彻底弄清楚那树叶子的秘密了?

　　打这以后,秃老头再来买树叶子,就一年比一年少了。为啥? 阿昌和秋兰悄悄地把它们给留下来了。他们把这些树叶子晒干,然后一袋袋堆在屋里,等待着一旦儿子打探到这些树叶子的秘密后,他们就可以发大财。

　　可是,星移斗转,日出日落,好几年过去了,儿子带回来的消息都是:秃师傅买回去的树叶子,都原封不动地放在家里,一动也没动过。阿昌和秋兰百思不得其解,但他们觉得心急喝不了热粥,老头总不会把秘密带到棺材里去吧,所以下定决心耐心等待。

终于有一天,儿子突然跑回来告诉他们,秃师傅病在床上,快不行了。夫妻俩连忙跟着儿子赶了去。只见秃师傅躺在床上已经不能动弹,脸色蜡黄,呼吸微弱,连眼光也很黯淡了。

夫妻俩心急如焚,连忙请来医生,给他打了一支强心针。待他的眼睛稍稍亮了一点后,他们双双俯在他的耳旁,急切地问:"师傅……你……你还有什么话要说吗?"

秃师傅摇摇头。

阿昌再也耐不住了,急不可待地问道:"那些树叶子有什么用啊?"

秃师傅还是摇头。

夫妻俩不死心,连忙叫儿子捧来一袋秃师傅从他们家收来、一直放在屋子里的树叶,递到他面前,大着嗓门说:"这都是你用钱买来的,怎么会没用呢?"

秃师傅的嘴唇动了动,还是两个字:"没……用。"

没用? 没用你花那么多钱买它干什么?

秃师傅嘴唇又动了动,挣扎着一字一句说:"真……真没用,买……是……是为了谢谢……谢谢你们……"

夫妻俩简直如入云山雾海:为什么要谢谢我们? 两个人你看看我、我看看你,都认为是秃师傅的神经错乱了。

秃师傅却断断续续地说出了事情的由来——

三十多年前,秃师傅的家乡遭遇百年不遇的大水灾,他万般无奈,拖着两个不足十岁的孩子出外讨饭度日。一天清早,两个孩子突然走失了,他找了老半天也没找到,这时候,正好看到一户人家的院子里有一棵树,树上挂着一个绳套,绝望中的他觉得这也许是天意了,于是就搬块石头垫脚,把自己的脑袋伸进了绳套里。就在这时候,这家女主人砍柴回来,见状赶紧把他救下来,后来又帮他找到了两个走失的孩子,硬是把自己家里仅有的一点面粉做成饼子,塞进他的怀里。他心里真是感激不尽,所以在离开时,特意从树上摘走了一片树叶。他说,以后看到这片叶子,就会记起这家女主人的救命之恩。

后来几十年过去了,秃师傅的两个孩子都有了出息,而且待秃师傅很好,让他吃穿不愁,这就使秃师傅更加记起这段往事,就想在有生之年能够好好谢谢恩人和她的全家。

为了了却这个心愿,他重新挑起了年轻时的修补担,开始循着记忆中的地方串村走户地寻找,可两年多过去了,却总是一无所获。一直到那天走进阿昌家的院子,看到那棵长着眼睛的怪树时,他眼前豁然一亮,后来进屋喝水时,看到墙上挂着的秋兰婆婆的遗像,他心里的石头终于落了地。

他本想把事情说个明白,但又担心秋兰和阿昌他们不肯接受他的报答,这才想出这个法子。他打算以买树叶为名,逐步把自己的积蓄都用来资助救命恩人的后代,用这样一种特殊的方式,来完成自己一个久远的心愿……

阿昌和秋兰听了这个由来,羞愧难当,简直觉得无地自容,连头也抬不起来了。

（宋　河）

（**题图**:刘斌昆）

香水的味道

李萌的鼻子从小就有炎症，一直不怎么通气，二十多年都没治好。可是这天上午，她在公交车上突然打了一个喷嚏之后，立刻就闻出了身边一个女人身上的香水味道，是那种桂花、茉莉和百合的混合味。要知道，一般人的鼻子，要把香水里的几种成分细闻出来，也不是一件很容易的事，李萌这么多年不通气的鼻子，怎么嗅觉会一下子变得这么灵敏？她又惊讶又兴奋。

回家后，李萌特地做了一桌好吃的，想等丈夫下班回来，把这个好消息告诉他。

李萌的丈夫叫王强，平时不但对李萌疼爱有加，而且还挺浪漫，每天到家的第一件事就是拥抱李萌。这天也是这样，李萌刚把桌子收拾好，王强就回来了，进门就把李萌拥入怀中。李萌正想告诉他自己的嗅觉恢复了,可她却意外地在王强身上嗅到了一股香水味,是栀子、丁香和樱花的混合味。李萌心中一惊:家里的香水从来不是这种牌子的,这是怎么回事? 这么一想,她又猛抽一下鼻子。

王强以为李萌的鼻子又不舒服了,体贴地说:"你有鼻炎,闻不得油烟,以后就等我回来做饭吧。"李萌没吭声,她心里在猜疑:用这种味道香水的,只有女人;让女人的味儿沾上身,说明他们关系很亲密。难道丈夫有外遇了?

李萌一下没了兴致,心神不定地吃着饭。王强向来大大咧咧的,没看出李萌有心事,边吃边对她说:"公司新来的经理越来越器重我了,今天还找我谈话。估计这段时间我会很忙,恐怕以后加班要多一点了。""你忙你的,我又不是照顾不了自己。"李萌嘴上这么说着,心里却想:你不会是在找借口去约会吧?

李萌越想心里越堵得慌,不由脱口问道:"哎,你们公司的那几个女士现在都用什么牌子的香水?"王强有些摸不着头脑,奇怪地看了她一眼:"你问这干什么,谁让你帮着推销香水了?"李萌勉强笑笑:"随便问问,我这鼻子,谁会让我推销那玩意儿?"

李萌知道问是问不出什么结果来的,决定还是先注意观察王强的举动再说。因为她在一本书里看到过,男人有外遇时往往会特别注意自己的仪表,而且还会有一些反常的举动。

果然,接下来的一段时间里,李萌发现王强表面看很坦然,似乎没有什么反常,可只要他说加班晚回来的那天,他身上的香水味儿就特别浓。李萌简直不敢相信王强真的会在外面找女人,可他身上的香水味儿又怎么解释呢? 李萌决心要把谜底揭开,免得自己天天疑神疑鬼的,太痛苦了。

王强的同事中有三个年轻女孩,李萌都认识,因为以前公司曾经组织一起出去旅游过。李萌猜测:会不会是她们用的香水通过电话机什么的沾在王强身上? 于是便找了个借口,约她们星期天一起出去逛街吃饭,故意和她们嬉笑打闹,可最终却并没有发现她们中哪一个用了那种香水。既然不是她们,那很可能就是公司以外的女人了。这个分析让李萌惊呆了:这个女人会是谁呢?

李萌不想跟踪王强,她觉得那样做有些"小儿科"。正好这时候,本地电视台的周末娱乐板块要搞一档分辨香水味道的特别节目,李萌灵机一动,立刻报名参加。她想:只要节目一播出,王强看到她有这么灵敏的嗅觉,肯定会大吃一惊,到那时说不定他就会自己坦白了。

参加这个节目的选手,电视台事先都发一些各种品牌的香水,让大家熟悉辨别。李萌的嗅觉真是不得了,她只闻过一遍,就再也不会搞错。比赛那天,她过五关斩六将,以准确分辨出所有香水的成绩,登上了擂主的位子。果然,王强看了这档节目,傻眼了半天,像发现新大陆似的对李萌说:"你这哪是鼻子,简直是台精密的辨识仪!"李萌立刻话中有话地回击他:"以后你可要小心点,我只要闻闻你的衣服,就知道你有没有在外面干坏事。"

听她这么说,王强脸上的表情显得十分怪异:"干坏事?什么坏事?找女人?怎么可能呢?我对你怎么样,这么多年了,难道你还不清楚?"李萌故作试探地一边朝他身上嗅,一边说:"我当然知道你对我好啦,可比我好的女孩现在外面也多的是啊!"随后,她突然惊叫一声:"哎,你身上怎么有这种香水味?栀子、丁香,还有荷花,这不是我们家用的牌子啊!"

王强见李萌这副认真的样子,好像不像是开玩笑,就有点恼了:"你真怀疑我在外面干坏事?有什么话就直说,别疑神疑鬼的!"见王强生气了,李萌委屈得眼泪在眼眶里直打转:"你身上是有那味儿,我怎么疑神疑鬼了?这么说,我的鼻子还是不通气的好?"

王强这才意识到自己把话说重了,赶紧安慰说:"好啦好啦,我不也是被你说急了嘛！你看，我现在整天忙得连睡觉的时间都不够，哪还有心思在外面搞歪门邪道？再说，家里有你这么好的老婆，我哪会去犯那个傻？公司里很多人都用香水，又都在一块工作，估计是那几个女孩用的香水沾在我身上了。"

李萌心说：你以为我不知道？那几个女孩明明不用这种香水的嘛！见王强遮遮掩掩地不说实话，李萌的心凉到了极点。这天晚上她失眠了，直到天快亮的时候，才迷迷糊糊睡去，她决定把事情挑明，要不活得太窝囊了。可是当醒来的时候，王强已经上班走了。李萌不愿再等到晚上，她给自己单位打了一个电话请假，然后就准备到王强的公司去，和他说清楚。

在车站上等车的时候，李萌买了一份当天的报纸。上车一浏览，她发现自己分辨香水的事儿竟上了报纸的娱乐版，说她的嗅觉比军犬还灵，旁边还配了照片。要在以往，李萌肯定会高兴得跳起来，可现在想想，军犬的鼻子是用来抓坏人的，可她的鼻子却嗅出了和丈夫的感情危机，所以心里特别难受。

车已经开出几站路了，李萌还捏着报纸出神。唉，都说人一不顺心的时候，什么倒霉事儿都来了。这不！就在路口拐弯处，一个急刹车的时候，李萌突然发现自己的手包不见了。上车后，因为看报纸，李萌把手包放在自己座位上用腿压着，怎么说没就没了？出门前，李萌还特地往手包里塞进一千块钱呢！

李萌急得赶紧喊司机："师傅，我的手包不见了，你先别把车门打开。"司机回头一看，见李萌急得脸涨得通红，便大声朝车厢里嚷道："这位乘客的手包不见了，哪位捡到，赶紧拿出来。"乘客们你看我、我看你，谁也没应声。

李萌突然像想起了什么，抬高嗓门对大家说："我的手包好长时间没用了，所以包上有点霉味，我能闻出它的味道。请大家配合让我闻一下，耽误不了你们几分钟。"她边说边就把鼻子朝她周围乘客的身上和包上凑。大家对她的这番话和这个举动很好奇,不知道她到底在搞什么名堂。

　　没一会儿,只见李萌问站在她身后的一位小姐:"对不起,你的挎包里还有一个手包吧?"那小姐一脸吃惊地看着李萌,突然就有点手足无措的样子。李萌说:"我的手包是戴安娜牌的,里面有一千块钱,麻烦你把你的手包拿出来给我看看。"那小姐见车里的乘客都盯着她,只好打开挎包,从里面拿出一个手包,果然是戴安娜牌的!

　　李萌凑上去,用鼻子嗅了一下,说:"不错,和我手包的味道一个样。小姐,这是怎么回事?"那小姐的脸"腾"地红了,生气地说:"什么怎么回事? 这是我自己的手包!"李萌说:"那你打开包让我看看。"小姐跳起来:"凭什么呀? 你闻闻就说是你的,你以为你是军犬啊?""你说对了,而且,我的鼻子比军犬还灵。"李萌说着,扬扬手里的报纸,"这事儿巧了。请大家看看,这上面登的照片就是我,我既然能分辨出几十种香水的味道,难道还闻不出一个手包的味道?"

　　见那小姐不吭声了,李萌的口气也缓了下来:"我不认识你,也没有理由讹你,我只想找回我自己的手包。麻烦你打开包给我看看。"车上的乘客都忍不住开口了,纷纷劝那小姐:"既然包是你的,装的东西肯定和她不一样,打开看看不就得了?"那小姐涨红着脸说:"我也今天刚把手包拿出来用,里面恰恰也装了一千块钱,是刚发的奖金。"

　　事情到了这地步,司机只好报警。

　　警察上车问明情况后,也不敢肯定,就说:"再仔细找找,也许是巧合呢。"说完,就低头在车厢的地上找啊找。不一会儿,他居然在相隔好几排的前面座位下发现了一个手包,递给李萌一看,果然是她的。李萌简直不敢相信自己的眼睛:"怎么会跑到前面去了呢?"警察分析说:"估计是从你座位上掉下去后,被你自己不小心踢到前面去的。"被警察一提醒,李萌想起来了,很有可能就是刚才急刹车时出的错。

李萌不好意思地连连向那小姐道歉。有乘客打趣说："看来鼻子也会见钱眼开啊,要不怎么会把人家的东西闻成是自己的呢?"一个老伯在旁边直摇头,感慨地说:"这不是鼻子问题,她嗅觉那么灵敏,当然能分清两个钱包的不同。而是她的心,她的心先入为主了啊!"

老伯的话让李萌心里猛地一怔。

到站后,李萌赶紧下车,但她没有急着去找王强,而是先给他打了个电话。李萌刚开口,就听见电话里有个女人的声音在叫王强,王强让李萌别挂电话,他和那女人说了几句之后,就转过来告诉李萌:"刚才找我的就是那个新来的经理。对了,今天我见她的秘书在办公室里喷香水,我闻着有栀子花味,估计我衣服上的味儿,就是在她办公室进进出出给沾上的⋯⋯"

听了王强这番话,不知为什么,李萌的眼泪一下就涌了出来⋯⋯

(彭晓风)

（题图:魏忠善）

谁画的记号

有个小科员叫梁贤平,这天下班回家时,发现有人用白粉笔在他家门上画了个圈圈,他也没在意,随手把那圈圈给擦掉了。

晚上看电视,新闻里说,最近本市发现一个疯狂作案的盗窃团伙,作案手段极其高明,而且分工明确,有的踩点,有的撬锁,有的望风,有的负责运输和销赃……警方已投入大量警力侦查,但至今仍未能破获。

梁贤平马上联想起门上的那个白圈:莫非那盗窃团伙盯上了咱家?那圈圈是踩点的人画的?他越想越觉得不对劲,临睡前,他把门窗全都锁死关紧,可仍不放心,深更半夜还爬起来检查好几遍。结果,折腾得一宿没睡好。

第二天早上,梁贤平揉着通红的眼睛去上班,途中还是不放心,又掏出手机,给老爸打电话:"爸,电视上说最近治安不好,你没事最好老老实实守在家里,万一有个小偷啥的上咱家,你就打110。"他老爸"哼哼哈哈"地连声应着。

可这天下班回家,梁贤平看见他家门上又让人用粉笔画了个叉叉。他又惊又气,一边用手擦,一边心里骂:这该死的贼,真他妈没长眼睛,你干吗老惦记着我?我只是个普通的小科员,买这套房子再加上装修,花的那三十万有一半还是借的哩!你要偷该去偷楼上肖科长家,他会拍领导马屁,坐的又是流油的基建科长位子,他家钱多着呢!于是,当天晚上,梁贤平轻手轻脚地摸上楼,用粉笔在肖科长家的门上画了个叉叉。

可奇怪的是接连几天,肖科长家没遇上什么贼,而梁贤平家的门上却还是三天两头地出现用白粉笔画的记号,尽管梁贤平看到就擦,但也没什么办法。

后来有一天,梁贤平的老爸心脏病复发去世了。令人奇怪的是,自从老爸去世,梁家门上就再也不见什么记号了。这奇怪的记号和老爸有什么关系呢?梁贤平百思不得其解!

第二年清明节,梁贤平领着老婆、孩子去给老人家上坟。一到坟前,儿子就惊讶地大叫起来:"爸,你瞧爷爷的墓碑!"咦,怪啦,谁用粉笔在老人家的墓碑上画个三角形的记号?梁贤平心里直犯嘀咕,把那记号给擦掉了。

拜祭过老人,一家三口准备打道回府。走到陵园门口,遇到一位六十多岁的老太太,她眯着眼睛瞅了瞅梁贤平,有些迟疑地问:"你、你是贤平吧?"

梁贤平一愣:"没错。您认识我?"

"我在你家里见过你的照片。我姓彭,是你爸的老……老朋友。"

"姓彭?"梁贤平的眉头皱了起来,搜肠刮肚也想不出他爸有个姓彭的老朋友。

他老婆用手肘碰了碰他,小声说:"瞧你这记性,忘啦?爸有段日子老念叨'你彭姨'长、'你彭姨'短的,准是她。"

梁贤平"哦"一声,想起来了。有一回,他爸说"你彭姨"时,他还没好气地顶过:"我说爸,你都奔七十的人了,莫非还想再过过恋爱、结婚的瘾?我可是在政府机关混的,丢不起这个脸!"他记得,自己当时那番话,把老爸说得脸跟打了霜的茄子皮似的。

这时,老太太的目光在陵园内扫来扫去,说:"是来祭奠你们爸的吧?瞧我这记性,又忘了你爸是哪座坟,我还在那碑上做了记号哩!"

"那记号是……是您画的?"

"没错,都是你爸教我的。他见我不识字,记性又不好,出门常常迷路,就叫我随身揣上支粉笔,到了哪儿就画个记号,回去时好找。不怕你们晚辈笑话,你们刚搬新家那阵子,我经常上你们家串门,也没别的,就是跟你爸说说话,这人呐,一老就特别怕孤独。那会儿,你爸怕我找不到门,又不好意思问人,就用粉笔在你家门上画记号。"

梁贤平听老太太说到这里愣住了,不知道心里是啥滋味……

(徐 彦)

(题图:魏忠善)

咱们就要胜利了

　　小张参军入伍后,去了运输连,从此和绿色的军车结下了不解之缘。

　　在他第一次独立执行任务时,带他的老司机叮嘱他:"如果在石疙瘩山的拐弯处遇到个白发苍苍、佝偻着身子的老太太时,一定要冲她喊一声'咱们就要胜利了'。"小张很好奇,问为什么,老司机说:"这是咱们运输连不成文的军规,我当新兵时老兵就是这样叮嘱我的。你先执行任务,回来再说。"

　　那天,天空飘着雪,小张记挂着老司机的叮嘱,一到石疙瘩山,就开始减速,果然,前面拐弯处出现了一个白发苍苍、佝偻着身子的老太太。车开近了,小张看到老太太死死盯着自己的车,眼睛里充满了期待,就探出头去,朝她大声喊道:"咱们就要胜利了!"他发现老太太那双浑浊的眼睛立马一亮,还微笑着朝自己招招手。

很快,小张完成了任务。

返程时,天快要黑了,加上下着雪,山路上的车都开得很慢。经过拐弯处的时候,小张心里嘀咕:这么晚了,又是雪天,老太太恐怕不会再在这儿了吧?他的目光在山路两边搜寻着,忽然,那佝偻的身影又出现在他的视野里,虽然满头白发在漫天飞雪中看不分明,但小张确信这一定是那位老太太!

不过,让小张觉得奇怪的是,前面几辆车的司机都没喊"咱们就要胜利了",老太太也没什么反应。他不由犯了寻思:既然不是所有的司机都要向她喊话,这回我也不喊试试。于是经过老太太身边时,他只是摁了两下喇叭。谁知那老太太拼命擦眼睛,探着身子仔细瞅他的车,眼睛直勾勾地盯着他,好像就在等他喊话。

小张假装没看见。不过他记着老司机的叮嘱,没敢大意,车过之后,特意从后视镜里观察。他看到老太太使劲朝他的车挥动胳膊,而且,竟佝偻着身子跟跟跄跄地追了上来。小张害怕出事,赶紧回头大声喊:"咱们就要胜利了!"他发现,老太太听到他这声喊,猛地就停住了脚步,虽然看不清她脸上的表情,但能感觉出她在挥手和小张说"再见"。

这奇怪的现象让小张惊讶万分,他实在按捺不住好奇,于是把车开到路边一停,跳下车,打算去向老太太问个明白。

他走到老太太身边,可却一时又不知该怎么开口,傻笑笑,不由自主地脱口又喊了一声:"咱们就要胜利了!"谁知老太太的眼睛里顿时溢满了笑意,她上下打量着小张,说:"好,咱们就要胜利了,同志们都这么说。嘿嘿,胜利了,我家英俊就要回来和我成亲了! 同志,你是从抗美援朝前线回来的吧?"

小张懵了:抗美援朝? 那是啥时候的事了? "咱们就要胜利

了"，难道这个"胜利"是指抗美援朝战争的胜利？他正丈二和尚摸不着头脑的时候，只见老太太哆哆嗦嗦地从怀里掏出一样东西。小张一看，原来是一张用塑料纸裹着的黑白照片，已经发黄了，照片上是一个穿志愿军军装的年轻军人。

老太太轻轻抚摩着照片，像抚摩着大宝贝似的，带着回忆和向往的神情，对小张说："这就是我家英俊，那年他就是在这儿戴着大红花走的，坐的也是像你这样绿色的军车。我哭着不让他走啊，我俩都订亲了。"老太太说到这里，忽然脸上露出了少女般的娇羞，红了脸，低下头去。过了一会儿，她才又缓缓地抬起头来，说："英俊就劝我，说他这是去保卫我们的胜利果实，等胜利了，就回来和我成亲。后来车开了，我一边跟着车跑，一边朝他喊：'英俊，哪怕河里水干了，哪怕山上石头烂了，我也等你回来……'"说着说着，老太太哽咽起来，两行浑浊的泪水淌在她脸上那深深浅浅的皱纹里。

小张赶紧掏出手绢给老太太。

老太太抹着泪花儿继续说："英俊过鸭绿江不久，就给我邮来这张相片儿，还说他在战场上立了功，让我别着急，等胜利了，就回来娶我……后来，他们一起走的小根回来了，接着老贵也回来了，可就是我家英俊没回来。我哭着去问小根和老贵，他俩说，仗还没打完呢，他俩是因为受了伤才先回来的，英俊没受伤，还得接着打仗，等咱们胜利了，英俊就回来了……"

老太太越说越兴奋，越说话越多，可是，她越往后说，小张的心揪得越紧。小张渐渐听明白了：站在眼前的这个老太太，其实是当年一个志愿军战士的"准"烈属，她的英俊很可能已经永远长眠在那片土地上了，但质朴而痴情的她怎么也不能接受那个现实，所以大家才设法一起缔造并维持着这个美丽善意的骗局……

雪越下越猛，小张很想多陪陪老太太，但他担心时间久了大雪封路,只能上车。他劝老太太早点回家歇息,但老太太却执意要再等等。老太太指着远处开来的一辆车,满怀期待地对小张说:"你看,说不定还有绿军车来呢——英俊就是坐你们这绿军车走的,他一定快回来了。"说完,老太太又一次专注而急切地死盯着渐渐开近的车。风雪中,小张觉得她的背佝偻得更厉害了,似乎整个身子都在向着远方执着地飞奔……

回驻地后,小张又听老司机把事情前前后后说了一遍。此后,他打听了很久,终于找到了老太太说的那个和英俊一起上前线的小根。小根告诉小张,英俊确实已经牺牲在朝鲜战场;英俊牺牲的通知和烈士证明,当年就发到了当地民政部门;当时还是小姑娘的老太太知道消息后,愣在那里不吃不喝整整两天,第三天一早,她忽然一声嚎哭,大辫子一甩就冲出了家门,她冲到当年英俊登车时的石疙瘩山拐弯处,不哭不闹地站在那里,见到绿军车就拦,就打听消息;这一等就等了将近五十年。

小张噙着泪听完了老太太的故事。后来,他常常经过石疙瘩山,每次见到老太太,他不仅喊上一句"咱们就要胜利了",还总是给老太太捎上些吃的、用的。

一晃,过去了一年。第二年雨季,嫩江和松花江洪水泛滥,小张所在部队奉命开赴抗洪前线,他们在夜幕下冒雨出发。经过石疙瘩山拐弯处时,在车灯的照射光中,小张发现路中间站着一个人。他心里一惊:不会是那老太太吧?赶紧刹车,一看,那白发苍苍、佝偻着的身影,不是老太太是谁!可是,老太太怎么深夜也出来呢?而且,以前每次都站在路边,今天怎么到路中间来了?

由于军务紧急,小张冲车窗外喊了一声:"咱们就要胜利了!"他以为老太太听见喊声就会让开,可是老太太仰头看着他,竟然纹丝不动。小张又以为是雨声大,老太太没听见,就又喊了一声,可老太太还是不动,就像一尊塑像一样立在马路当中。

　　后面的驾驶员急得直摁喇叭,没办法,小张只好赶紧跳下车,去把老太太扶到路边。

　　再上车的时候,小张听到老太太嘴里连声嗫嚅着:"咱们真的就要胜利了吗? 英俊胜利了就会回来娶我吗?"小张心头一阵酸楚,大声安慰老太太道:"咱们真的就要胜利了,你和英俊马上就可以完婚了!"老太太听罢此话,原本木讷的脸猛然间焕发了生机,满脸的皱纹立刻像菊花一样舒展开来,她眼睛里闪着泪花,满怀深情地望着小张,就像当年深情款款地注视着她亲爱的英俊。

　　后面的司机又按喇叭了,小张只得上路,车队又开始前进了。透过后视镜,小张依依不舍,久久注视着老太太的身影,终于,老太太变成了一个隐隐约约的小雨点。

　　忽然,就在此时,猛一声惊天动地的巨响,只见浓重的黑影铺天盖地朝那个小雨点倾泻下来,瞬间就将她吞没了。就在老太太站立的地方,山洪暴发了!

　　巨大的声响中,没有人能听见小张的呼喊。也许老太太听到了——小张向着车窗外大声喊着:"咱们就要胜利了!"

　　他喊尽了所有的力气,喊得泪流满面……

(张鹰熊)

(题图:杨宏富)

藏在花盆里的爱

牛大富打小落下好吃懒做的毛病不说，手脚还不干净，如今三十多岁年纪了，依然光棍一个，家里要什么没什么。扶贫工作队到村里来几回了，回回都帮他想办法脱贫致富，可好好的干着干着他就撂手了，不是说太苦就是嫌太累。

这回，工作队给他"扶贫"了一头母猪，想让他好好喂养下崽。可工作队前脚才走，他转手就把母猪卖了，揣着三百块钱进城快活去了。等到这钱花得差不多的时候，牛大富才知道犯愁：回去怎么交代啊？他左思右想，正巧碰到一个在工地上打工的老乡，便撒谎说自己欠了赌债，想找个地方躲躲。朋友说，正好工地上要找个临时做饭的，管吃管睡。牛大富一听，立马跟着就走。

　　这天牛大富做完饭,懒洋洋地躺在工地沙堆上晒太阳,猛看到对面一幢住宅楼二楼一家阳台上,突然走出个中年女人,把手里什么东西埋进一盆竹子的盆底,嘴里还对着它喃喃地说了好一阵子话,然后才回进房间。牛大富心里一个"咯噔":这女人在藏什么东西呢,莫不是金银首饰?对了,听说有的城里人怕小偷光顾,家里特别贵重的东西不放抽屉,就专门找旮旯地方藏。这女人倒好,索性藏到阳台上来了。

　　一想到金银首饰,牛大富的手就痒了。这以后,他的两只眼睛有事没事就老爱往对面这家阳台上看,结果发现这女人天天都到阳台上来,给所有的花草浇过水之后,就独独捧着这盆竹子说上一会话。牛大富于是更加断定:这花盆里肯定有名堂。牛大富实在按捺不住了,决定当晚就下手。

　　天黑尽了的时候,他悄悄潜到这幢楼的楼底下,几乎没怎么费劲就蹿上了二楼的阳台,拎起那盆竹子,"吱溜"一下回到地面。他找了个角落,迫不及待地把花盆翻倒过来,"嚓"亮起打火机细瞧。可奇怪的是,花盆里什么都没有。他不信,又把从花盆里倒出来的土用手细细滤了一遍,可还是什么都没有。难道是女人什么时候把藏在里面的东西拿走了?牛大富气得抓起花盆就要往地上砸,可转念一想又放下了。你想呀,女人把这盆竹子当宝贝,绝对不会是故意装给他看的,因为她不可能知道对面会有一双眼睛在盯着她看。牛大富灵机一动,决定还是明天先看看女人的反应再说,花盆动过她应该能看得出来。于是,他迅速把倒出来的土又重新装回盆里,把花盆送了回去。

　　果然,第二天,牛大富发现这女人一到阳台上神色就变了,肯定是因为发现这盆被人动过了。只见她先是慌张地四处张望,后来又拼命探头往楼下瞧。牛大富一拍大腿:看这女人紧张的样子,这花盆里肯定有名堂。他又激动又纳闷,到了晚上,不甘心地又去把这盆竹子拿下来,一把土、一把土地抓出来滤,就差没用显微镜照了。可忙乎了半天，还是没有任何收获。牛大富没了辙，决定先把花盆带回去再说。当天夜里，牛大富翻来覆去一夜憋得慌，就是想不明白到底是怎么回事。第二天，他再看对面阳台，发现那女人正站那儿发呆。女人越是这样，就说明花盆里的名堂越不小，可到底是什么名堂呢？

这天，牛大富有意无意转到对面楼下，突然看到那里贴了一张"告君子书"，上面写着：君子先生，我不知道你为什么挑中我家阳台上这盆普通的竹子？尽管它不值几个钱，可对我来说却非常重要，我求你千万不要损伤它，并且尽快给我送回来，我一定会给你一个满意的报酬。下面还有女人留下的电话号码，落款是：伤心的失主。牛大富差点乐出声来：自己不就可以借这个机会好好敲她一笔钱吗？他转身跑到街上电话亭里，照女人留下的电话号码打过去，说："我捡到一盆竹子，不知道是不是你丢的？既然是一盆普通的花，你为什么还要出钱找回去呢？"

电话那头传来女人惊喜的声音："啊，是被你捡到了吗？太谢谢了，麻烦你把它送来好吗？我愿意付你五千元报酬！"五千元？五千元可以买回几头母猪了，还怕回去挨骂吗？牛大富乐得简直合不拢嘴。不过他留了个心眼，担心这是女人设下的陷阱，于是就不动声色地观察了几天，直到确信女人没有报警之后，才上门去。

女人开了门，一眼瞧见牛大富手里的竹盆，立刻激动不已，就像看见自己亲人一样，伸手就要接。牛大富赶紧一闪身，说："你还没给钱呢！"女人一怔，眼角里闪着泪花，点点头说："好，请你先进来吧，我这就给你拿钱去。"牛大富探头一看，屋里就她一个女人，谅她也玩不出什么花招，就大模大样地走了进去，一屁股在沙发上坐了下来。

女人对牛大富挺客气，给他倒了杯茶，然后拿出一只信封，信封里是五张一百元的大票，女人全抽了出来。"同志，我对你说实话吧!"女人在牛大富对面沙发上坐了下来,"五千元是我故意说多了,因为我一心想要你把这盆竹子送回来。其实不瞒你说,我只有这五百元,我儿子在上大学,我工资也不高,家里就这点钱了。花盆是你捡到的,五百元应该也不算少吧?"

牛大富心里一阵冷笑,说:"你要在街上对我说这话,说不准我还信,可你是住这栋楼里的,我早打听过了,这里住的十有八九都是当官的,当官的会没钱?"女人愣住了,缓缓地点点头,说:"没错,我们家是有个当官的,可他是个穷官啊!"牛大富差点笑出声来:"你想蒙我?骗鬼哟!"

女人的眼眶红了:"是啊,别说你不信,就连他自己的儿子也不信,老子当着局长,可就一台几千元的电脑,他也掏不出钱来给儿子买。这些年,他去蹲点扶贫,心思都花在了那里,老拿自己的钱去办那里的事。有人扶贫只是做表面文章,可他却那么当真……"女人的眼光越过牛大富的头顶,直直地盯在对面的墙上。

牛大富回头一看,愣住了:"这……这是你老公?他……他不就是黄局长吗?"女人惊讶极了:"你认识他?"牛大富"刷"地低下头,再不敢看女人一眼,因为这黄局长,就是带队到他们村去扶贫的工作队长啊!

牛大富谁也不怕,就怕黄局长。为啥?因为黄局长对他太好了,牛大富拿扶贫款去赌钱,拿扶贫米去换酒喝,谁见了他都摇头,要把他从扶贫名单中除掉,只有黄局长没有放弃他,总是尽量挤时间找他谈话,要他好好做人。牛大富知道自己对不起黄局长,所以就怕遇着黄局长不好交待,没想这回竟撞到黄局长家里来了。

牛大富再也坐不住了,把盆竹子往茶几上一放,站起来就要走。女人把五百元钱塞到他手里,说:"我说话算话,这是你的报酬,拿着吧!"牛大富脸憋得通红,一脸羞愧地说:"这钱我不能拿。我不瞒你,黄局长我认识,他就是在我们那里扶贫的工作队的队长!"

女人惊愕地看着他。

牛大富结结巴巴地说:"其实……其实这……这盆竹子是我故意偷走的。我看见你往里面藏东西,以为……以为……"牛大富没脸说下去了,转身就想走。

女人把他拉住了。女人说:"你们那里其实是黄局长最挂念的地方,他总是念念不忘那里的人、那里的事,如果能够看到你们过上好日子,我想这会让他更高兴。现在既然你来了,那就请你把他带回去吧!"说着,她捧起那盆竹子,交给牛大富。

牛大富不明白她这话是什么意思:"黄局长……他人呢?"女人没有回答,目光落在他手中的竹盆上。牛大富脑袋"轰"的一下,刹那间好像明白了什么,两只手不禁颤抖起来。

女人告诉牛大富,黄局长因为疲劳过度,已经永远离开了这个世界。遗体火化后,她悄悄留了一些骨灰,埋在这只丈夫平时最喜欢的竹盆里,想着从此能和丈夫日夜相伴。牛大富不知个中缘由,自然什么也找不到。

听了女人这番话,牛大富呆立半晌,突然"哇"一声大哭起来:"黄局长,我对不起你啊……"

（宾　炜）

（**题图**：刘斌昆）

上车不买票

公路开通后,心思活络的赵明月就买了一辆大巴车跑客运,自己既当车主又当售票员,生意一年比一年好。

这天,大巴开到中途,上来一个人高马大的小伙子,他见车上没有空位,一脸的不高兴,正好见脚旁边有个大菜包,于是就不管三七二十一——屁股坐了上去。

他这一坐不打紧,可急坏了菜包的主人大秋嫂。大秋嫂惊叫起来:"哎呀,我的小哥哥,这可是水灵灵的野青菜,坐烂了咋卖呀?快起来,不能坐!"

小伙子不但不起来,竟还朝大秋嫂直翻白眼:"不能坐?那我坐哪儿?"

大秋嫂愣住了:"你这么年轻,就是站一会儿也没啥,谁说上车就一定要有座位？再说这里离县城也没多远……"

大秋嫂还没说完，小伙子却嚷开了："你们都有座位，凭什么让我站着？我又没犯错误，谁敢罚我站？"

大秋嫂觉得不对劲：看上去人模人样的小伙子，咋这么不讲理呢？听口气，这人脑子好像不太对，要不就是个油子哥？还是别招惹的好。于是，她只好自己站起身，让出座来说："来来，我这位子让给你坐，我站会儿。"

小伙子也不客气，居然屁股一撅，就坐了上去。

这一幕，赵明月全看在眼里，换了别人，她也懒得管了，可大秋嫂是她亲妈，她能不管吗？于是她挤到小伙子跟前，拍拍他的肩膀，说："没上过学是咋的？小学生都知道尊老爱幼，你站着比人高，躺着比人长，大小伙子一个，咋还要老人给你让座呢？羞不羞啊？"

赵明月一通抢白，机关枪似的，小伙子果然蔫了，乖乖地从座位上站了起来，只是嘴里还有些不服输地嘀咕："要罚我站，我就不买票，说不买就不买……"

"你敢？"赵明月可饶不了他，"这回你要不买票，马上就给我下车去！"

赵明月做姑娘时，就有"铁嘴丫头"的美称，去年结了婚，嘴巴更是厉害。看来小伙子根本不是她的对手。

只见小伙子翻了翻白眼，嗫嚅道："下就下，我步行！步行你能把我怎么样？"

赵明月懒得再跟他啰唆，立马叫司机停车，车门一开，就将小伙子扒拉下去。

这一来大秋嫂反倒有些过意不去，小声对赵明月说："月儿呀，别这样，人家也许身边没带钱，又不好意思明说，你就把他带进城算了，也不多他一个，何必硬要赶他下车呢？"

"妈，你不知道，他是个老油条，已经白搭好几回车了，我都没跟他计较,这回倒好,竟然跟你耍赖,咱可不能再饶他了!"

"这么说,你认识他?"

"开始我也不认识,后来一打听,才知道原来他是邓书记的儿子。"

"哪个邓书记?"

"就是镇里原来那个邓书记啊!"

"啥?他是邓书记的儿子?"大秋嫂一听是邓书记的儿子,连忙叫司机停车。

车一停,大秋嫂就连忙下车,一看,那小伙子竟真的跟在车子后面走呢!

大秋嫂迎着小伙子一路小跑过去,拉着他的手说:"对不起,小伙子,几年没见,我不知道你长这么高了。刚才是大嫂不对,得罪你了!"大秋嫂一边说,一边竟像老仆人侍候主子似的,将小伙子拉上车。

赵明月看着她妈这副样子又气又急:"妈,你这是干啥呀?这样的人你还要惯着他,我这生意还做不做呀?"

大秋嫂好像没听见似的,把小伙子拉上车后,硬把他按在自己的位子上。

赵明月实在看不下去了,跳过去一把拽起小伙子,然后将大秋嫂按了下去。她气呼呼地对大秋嫂说:"妈,你客气啥?这是我的车,别说是无赖,就是天王老子来了,你也别让这个座!"

大秋嫂这回恼了,脸色冷冷的。她站起身来,也不知哪来的力气,硬是将女儿推开,又把小伙子按到座位上,说:"别怕,你只管坐,谁再敢赶你走,我就对她不客气!"

赵明月万万没有想到她妈竟是这个态度,不但不帮自己,反而替那臭小子说话,她心里那个气啊,就像火星子直喷:"妈呀,我看你也太势利眼儿了吧,不就一个镇委书记的儿子嘛,咋就值得你这样巴结呀?再说,人家邓书记已经退休了,你巴结讨好他儿子有啥用,我看你真是越老越糊涂了!"

　　只听大秋嫂长叹了一声:"是啊,妈是老了,可妈并不糊涂。当年,为修咱村这条公路,邓书记差点把命都搭上了,就因为忙这个事儿,把发高烧的儿子落在家里,耽搁了看医生的时间,好好的一个孩子,硬是烧成了二傻子。唉,如今,邓书记虽然不当书记了,可他为咱老百姓做的好事咱不能忘记,看见他这个傻儿子,咱就心痛。咱不是巴结这孩子,咱这是给邓书记让个座儿,给良心让个座儿啊!"

　　赵明月惊呆了!

　　车上顿时鸦雀无声,好多人眼睛里闪着泪光。大秋嫂低头轻轻抚摸着小伙子的头,此刻,他已经呼呼睡着了……

(魏柏林)

(题图:刘斌昆)

千金一叫

　　这天,口技演员南云家里来了一位姓张的先生,说愿意出钱买他一声鸟叫。这可是新鲜事儿,南云当口技演员这么多年,别说没碰到,就是连听也没听说过。

　　南云惊奇地问这位张先生:"我会很多种鸟叫哇,请问你要买哪一种? 出多少钱?"

　　张先生说:"我想买山雀子的叫声。至于价钱嘛,好商量。"

　　山雀子? 南云心想:这也太简单了,我上下嘴皮一撇,张口就来呀! 学了大半辈子口技,想不到今天竟会碰上这么一个玩主,看来,艺术走向市场是一条活路哇! 南云对张先生说:"好呀,头回买卖,我便宜一点,一声山雀子叫,十元钱吧!"南云他们剧团平时卖的演出票二十元钱一张,南云的口技表演回回是压轴戏,南云心想:我就收个半价吧!

不料张先生一听南云说只收十元钱,愣了愣,说:"南老师,您别客气,如果您能满足我这个要求,我愿意出一百元。"

南云见张先生说话的样子不像是在哄自己,觉得十分惊奇:天啊,一声鸟叫竟然能卖一百元? 他简直不敢相信。

张先生看南云目瞪口呆的样子,说:"南老师,我说的是真的。不过,您这一声山雀子叫声,我是要录下来的。"

录就录呗,不就是一声鸟叫嘛,南云一口应了下来。不过他还是觉得奇怪,疑惑未解地问:"张先生要听鸟叫,买张门票去动物园就可以了呀,何必花高价来买我这一声口技呢?"

张先生倒也实话实说:"我是去过好几个公园,但找来找去找不到山雀子,是没办法了才来请南老师帮忙的。"说着,他从口袋里掏出一张百元大票和一只微型录音机往桌上放。

南云一看,二话没说,立刻撅嘴运气,"叽叽……"一声神奇悠长的鸟叫声,便从他嘴巴里飞了出来。

可是张先生却摇头:"这不是山雀子的叫声。"

南云一愣:山雀子本来就是俗名,不过就是山里常见的喜鹊、翠鸟之类,既然你说不是,那就再试几个给你听听。于是他嘴一撅,又"叽里角儿"地叫起来。可是,他一连试叫了将近十种鸟的叫声,张先生都摇头说不对。

南云心里嘀咕起来:会不会是他在故意忽悠我? 他瞥一眼张先生,发现他一脸焦急的样子,好像又不像。想了想,于是便问:"请问张先生,你是在哪里听到过山雀子的叫声? 你凭什么就断定我刚才叫的都不是?"

张先生说:"我老家就在有名的南华山下,我在那儿长大,对山里的鸟再熟悉不过了,山雀子的叫声,我怎么会听不出来?"

南云说:"那你叫给我听听!"

张先生笑了:"我会叫的话,干吗还花钱来求您?"

这话也在理,南云一时没了主意。

张先生见南云愣在那里,觉得很失望,可又不死心,想了想,说:"南老师,您无论如何要帮帮我的忙。我放一千元钱在这里,只要您把事儿办成了,这钱就归您!"

一千元?一声山雀子叫声竟然能值一千元?这不成"千金一叫"了吗?南云不禁又喜又惊。这个赚外快的机会哪能轻易放过?他脑子一转,便让张先生一个星期之后再来。

张先生一走,南云马上登门向当地的鸟类学家请教。这才知道,张先生老家南华山那里,真有一种叫山雀子的鸟。热情的专家还特地放了一盘音带给南云听,说:"这是我五十年前深入南华山腹地考察时,录下的一段山雀子叫声,因为这种鸟就是在那个时候被发现并命名的,所以尽管相隔时间长了,音带声音有点模糊,可我还是舍不得扔了,你可以把它拿回去学着参考参考。"南云接过音带,喜出望外,回家以后,他反复听反复练,捕捉灵感,苦学苦练。他发现这种山雀子的叫声,犹如当地的山歌,又如当地的土话,土色土香,却又回味无穷。

一个星期之后,张先生兴冲冲赶来了,听过之后,果然面露喜色。但他又留下话来:"南老师,我这一关算是过了,不过还不能算数,我得录下来拿回家给我母亲听,她说行才行。"说完,他拿起音带,拔脚就走。

又过了大概半个月,张先生第三次上南云家来了,一脸的兴高采烈,对他千恩万谢,说:"南老师,您帮了我一个大忙啊!"说着,他又从口袋里掏出一千元钱,要给南云。

南云骇然不已:"你不是已经给过钱了吗?怎么又……"

张先生紧紧握住南云的手,激动地说:"南老师,这钱您无论如何得收下。"

南云越听越糊涂:"张先生,我这一声鸟叫居然能卖两千元,你能告诉我这是为什么吗?"

张先生一拍脑袋:"看我,太激动了!是该向您说个清楚。"原来,张先生的母亲前不久得了一种怪病,人一天比一天消瘦,张先生心急如焚,请了城里最好的医生为母亲做检查,可是却查不出结果。一天,张先生在街上偶然碰到一个当心理医生的老同学,说起母亲的病情,老同学就怀疑老人得的是心病。张先生这才想到,他母亲自两年前双目失明之后,就一直没怎么开心过,尽管张先生经营的公司生意做得很好,钱用不完,可他母亲的心情却好像越来越郁闷。

张先生说:"南老师,说来您别见笑。有一天,我偶然听我母亲说,当年她和我父亲在林子里约会的时候,暗号就是我父亲学的那一声声山雀子叫声。我父亲两年前去世了,母亲的眼睛就是那时候瞎的,我想,我母亲的病会不会是因为思念我父亲的关系呢?那天,当我把从您这里录去的山雀子叫声给她一放,她眼睛就瞪直了。嘿嘿,果然是这个原因,于是我索性一遍遍反复把录音放给她听,没想到她的病真的很快就好起来,人也一天比一天精神哩!南老师,您一声鸟叫救了我母亲一条命,您说,我花这点钱值不值?"

南云还是有点纳闷:"张先生,既然你老家山里有的是这种鸟,为什么还要找我录呢?你去那里录个音,不就一分钱都不用花吗?"

"唉——"张先生长叹了一声,告诉南云说,"早年那里山雀子是多,可如今乱砍滥伐不说,那里还办了大大小小的厂子,污染一年比一年严重,哪里还有鸟儿生存的地方?"张先生说得鼻子酸酸的,南云心里猛地一震……

张先生如此孝母,南云无论如何不肯收他的钱。张先生是个豪爽人,哪里肯依?一来二去的,两人后来就成了朋友。

(聂牛生)

(**题图**:谢 颖)

神秘的奶妈

　　林雨田是个很有冲劲的年轻人，开了个野生动物养殖场，才三年工夫就赚了个盆满钵满。

　　这天，一位相面的告诉他，他之所以年纪轻轻就发大财，是因为命里有贵人相助，要想今后有更大发展，就别忘了报答从前帮过他的人。

　　林雨田听了这话，一拍脑袋想：要说从前给自己帮助最大的，除了当年把自己从路边捡回来的黄老汉，还有就是自己的奶妈了，他们对自己有再造之恩，可自己却一直没有好好报答过。相面先生说得对，现在自己发了财，可不能忘了他们。

　　于是，林雨田精心准备了礼物，开车朝那个叫老鹰沟的小山村奔去。

经过好一番颠簸，总算到了大山深处的老家，林雨田很顺利地就找到了黄老汉的家。黄老汉见自己当年捡回的弃婴有了出息，而且还来看他，非常高兴。

林雨田见黄老汉生活很清苦，便说："大伯，没有您就没有我的今天。您住在深山老林这么多年，一准熟悉野生动物，以后就别呆在山里了，我开着一个野生动物养殖场，您就来帮着给料理料理，要是嫌累歇着也成，以后我养您老，让您过舒适自在的日子。"

谁知黄老汉听了这话突然没了刚才的高兴劲儿，老半天不吱声，过了好一阵才开口说："我老了，出了山不习惯，还是住山沟沟里的好。"说完，就只顾自己抽水烟，再不搭理林雨田。

林雨田见黄老汉似乎不高兴，就换了个话题，说："这次我来，还想见见我的奶妈，您能不能带我去见见她？"

黄老汉又是半天不吭声，一直等这袋水烟吸完，才说："自打你走后，这些年你从来没有回来见过她，现在还见她干什么？我看还是不见的好。"

林雨田一听急了，说："我吃了她那么多奶，总该当面谢谢她吧？"

黄老汉瞥他一眼，说："她老了，不想见你。"

林雨田争辩道："我今年才二十五，我奶妈顶多五十来岁，哪里就老了？分明是您不想让我见她！"

黄老汉冷笑一声："五十来岁？哼，我说你还见她干什么，连她的年纪都搞不清。我告诉你，你奶妈今年三十都不到！"

林雨田听了个一头雾水：这个黄老汉，一会说奶妈老了，一会又说她三十不到。要真三十岁不到，难道她两三岁就给自己喂奶了？这不简直是大白天说胡话嘛！

但是，黄老汉却一本正经地对他说："不错，你奶妈两岁多就给你喂奶了！"

林雨田惊得差点从凳子上跳起来，说："这绝对不可能！"

黄老汉叹了一口气，说："所以，我劝你不要去见她，你还是赶紧回去忙你自己的事儿吧，不见比见了好！"

林雨田吃不准黄老汉说这话是什么意思，他从包里拿出一只旧式玻璃瓶，说："当年要是没有奶妈这瓶奶，我活不到今天。我这条命是奶妈给的，不当面向她道谢，我还是个人吗？"

林雨田说这些话的时候，神情显得很激动。他说，当年养父把他从老鹰沟山里抱进城后，他们只有用奶粉喂养他，可他身子本来就弱，又从来没喝过那玩意儿，所以喝得直拉肚子，人瘦成了皮包骨。医生说这是因为断奶断得太急、他的肠胃失去了平衡的原因，还得每天喝一点奶妈的奶，让肠胃慢慢适应才行，否则再这样拉肚子，一旦发生脱水现象，那就要危及生命了。养父一听，急得连夜进山找黄老汉，第二天就带回奶妈的一瓶奶，每天喂一点给林雨田，让他的肠胃慢慢适应奶粉，这才捡回了一条命。

黄老汉见林雨田动了感情，想了想，抬手朝那条通往深山的路一指，说："你真想见她，就到那儿去等着，没准能见到。不过你得答应我，远远看她一眼就够了，千万不要惊动她！"

林雨田觉得黄老汉有些神神秘秘，猜不准这里到底有什么名堂。此时他只想尽快见到奶妈，所以便应声说："成，我答应您。您告诉我，我奶妈现在长什么样？"

黄老汉说："如果你看见嘴里叼着野鸡、野兔什么的从那儿过来，那就是你要找的奶妈！"

林雨田又是大吃一惊："我奶妈没手吗？她怎么用嘴来叼猎物？您不要再跟我捉迷藏了，还是告诉我到底是怎么回事吧！"

黄老汉沉吟半晌，说："既然这样，你跟我走，我带你去见她！"说着，便头前迈开了步。

他循着那条山路，把林雨田带进了深山，一边走一边大声喊："阿拐！阿拐！"山里静悄悄的,没有任何回应。突然,黄老汉脚下的步子有点乱,声音也一声比一声颤抖："阿拐！阿拐！"

林雨田知道,这一带被人称"阿"的,只能是小孩子或未婚的年轻人,可自己的奶妈少说也将近五十岁了,怎么黄老汉也称她"阿"？奶妈她真的三十岁不到？她还没结婚？没结婚又怎么做奶妈？

黄老汉仿佛知道林雨田此刻心里在想什么,猛地停住了脚步,回过头来对他说："实话跟你说吧,你奶妈是一只豹子！"

林雨田吓得差点跌倒在地："这怎么可能？豹子的奶您怎么拿得到？"

黄老汉沉下脸,一五一十说了经过。

原来,当年黄老汉把林雨田抱回家后,第二天上山时,他在山里遇到一只被猎人下的铁夹夹住前腿的母豹,它脚上的伤口已经腐烂,身下还拱着几只吃奶的小豹子。黄老汉知道,如果不及时把母豹的脚伤治好,不仅母豹会没命,这一窝小豹子也活不下去。他不由动了恻隐之心,于是便把一窝豹子全带回了家。他弄来草药给母豹疗伤,打来野鸡、野兔喂它,直到母豹养好了伤,小豹子喝着母豹的奶也长大了不少,最后又把它们全都送了回去。

没想第二天,这母豹带着它的小豹子又回来了,母豹嘴里叼着两只野鸡。黄老汉一看,明白这是母豹来感谢他的救命之恩,恰好这时林雨田"哇哇"哭着要吃奶,黄老汉见母豹的奶子鼓鼓的,就异想天开想用母豹的奶水来喂林雨田,他大着胆子上前摸了下母豹的奶子,聪明的母豹立刻明白是怎么回事了,它温驯地躺下来,任由黄老汉挤奶。很快,黄老汉挤出满满一碗豹奶,林雨田"咕噜咕噜"喝得个痛快。从这以后,母豹隔天就到黄老汉这儿来一趟,就么成了林雨田名副其实的"奶妈"。

后来,林雨田被养父抱进城后,这母豹还常来,每次都叼个山鸡、野兔什么的给黄老汉。它从不伤害村里的家畜，反而还帮着村里人驱赶糟蹋庄稼的野猪。因为它的脚受伤后有点跛，村里人就喊它"阿拐"，大家都把阿拐当自己的朋友，谁要是想它，只要在这儿喊一声"阿拐"等着，它就会出来。

林雨田听得目瞪口呆，跺着脚说："您为什么不早说？非得到现在才告诉我？"

黄老汉直摇头："我是怕你打阿拐的主意，伤害它。你别以为我们山里人啥都不懂，你说你开着一个野生动物养殖场，哼，野生动物哪有那么容易养殖的？我看你是打着养殖的牌子，干贩卖野生动物的勾当。你老实说，是不是？"

"这……"林雨田被黄老汉问得身上汗水直冒，"您凭什么这么说我？"

黄老汉指着不远处一堆被人挖起的黄泥，厉声说："就凭这个！这几年每天都有人来挖洞捉蛇、钻山打鸟，恨不得把我们山里翻个底朝天。今天一大早，我进山的时候，发现这条路上有血迹和豹子毛，阿拐经常进出这条路，我就担心它遭害。早上我喊了半天，它也没出来，现在又没见它影，真不知它现在到底在哪里？它左前脚跛了，前额又被野猪的长牙戳伤过，留下了铜钱大的疤。唉，阿拐这一生，不容易啊！"

林雨田听着听着，顿时脸色灰白。因为就在他来老鹰沟之前，他接到副手报告，他们刚刚从山里搞到一只豹子，原本想用来做标本，因为左脚跛了，前额有疤……

（路 华）

（**题图**:黄全昌）

致命表演

喜剧大师劳伯伦正当演艺事业如日中天之时,突然宣布息演。对他的这个决定,世人惊诧不已。

在正式息演之前,劳伯伦回到家乡科克镇,准备为父老乡亲作最后一次演出。谁知就在演出前一天,一位阔太太找到他的门上,对他说:"我叫绿蒂莎,冒昧打扰您,很是抱歉。我对您回家乡演出表示感谢,但同时想请求您,能不能终止这场演出?"

"终止演出?"劳伯伦大吃一惊,在他的演艺生涯中,这种要求还是头一次遇到。

绿蒂莎说:"我知道您会吃惊,但还是希望您能这样做。至于一切损失,我会加倍补偿给您,这一点请您放心。"

劳伯伦疑惑地说:"对不起,夫人,您的要求我做不到,这不是钱的问题。我很想知道您要我终止演出的理由,您能告诉我吗?"

"这……"绿蒂莎欲言又止,"对不起,我请求您能不能再考虑一下?至于损失,我再说一遍,我保证加倍补偿给您。我希望您能尽快改变想法,并且及时给我电话!"她给劳伯伦留下了她的电话号码,然后就走了。

阔太太刚走,门铃声又骤然响起,劳伯伦打开房门,只见一个女佣站在门口,诚惶诚恐地对劳伯伦说:"对不起,劳伯伦先生!我家老爷,就是温克德老爷,他想见您!"

温克德老爷?不就是科克镇上那个大名鼎鼎的有钱的珠宝商吗?劳伯伦最看不惯他们那种有钱就不可一世的德性,他冷冷地对女佣说:"对不起,转告你家老爷,我没时间去!"

不料那女佣"扑通"一声就跪倒在地,恳求道:"先生!我家老爷身患重病,已经活不了多久了,您就可怜可怜他,遂了他的心愿,去一趟吧!"

劳伯伦一听女佣这话,愣住了,态度立刻缓和下来。

女佣把劳伯伦带到别墅,温克德的卧室里,只见面容憔悴的温克德正躺在床上。温克德见劳伯伦来了,脸上的神情欣喜不已,眼睛都发亮了,硬撑着坐起身来,说:"劳伯伦先生,劳您大驾,真是不好意思!您知道我为什么想见您吗?"

劳伯伦疑惑地看着他。

温克德说:"您能不能破例为我举办一场家庭表演会?出场费不是问题,您尽管开价就是了。我一直喜欢您的表演,特别喜欢,您简直就是喜剧天才!可遗憾的是,我对您的印象仅仅来源于电视。不瞒您说,我剩下的日子已经不多了,在告别这个世界之前,我太想亲眼目睹一次您的表演,不知您能不能给我这个机会?"

温克德老爷一边说,一边费力地喘着气。劳伯伦愣住了,顿时被感动得热泪盈眶。温克德的这番话,不就是对他一生演艺事业最好的褒奖吗?劳伯伦很想立刻给温克德演一场,可又担心他的身体,劳伯伦的喜剧表演十分夸张,内容跌宕起伏,温克德经得住吗?

温克德看出了劳伯伦的顾虑,兴奋地说:"劳伯伦先生,只要您演就行,其他不用您担心,我有准备。"

劳伯伦于是便点了点头,他决定对有些过于夸张的节目进行一些删改。

不过演出开始之后,即使劳伯伦作了删改,他的第一个节目就让温克德笑得前俯后仰;第二个节目,笑得气都喘不过来;到第三个节目还没演完,谁知温克德竟然笑得停止了呼吸。

劳伯伦被这个结果吓得目瞪口呆!

他正惶恐不安时,卧室外走进一个人来。谁?竟就是那个阔太太绿蒂莎!绿蒂莎一见温克德已经闭眼,伤心得扑到他身上就失声恸哭。

原来,温克德和绿蒂莎是一对恩爱的夫妻,自从温克德患上严重的心脏病之后,绿蒂莎就更加对他照顾有加。前不久,听说劳伯伦息演前要回家乡举行最后一场演出,温克德得知后兴奋不已,激动得几个晚上都没睡好觉,说是到时候一定要去剧场看劳伯伦的演出。绿蒂莎为此十分担心,害怕温克德衰竭的心脏到时候承受不了剧场里那种热烈的气氛。为了温克德的身体,绿蒂莎竟异想天开地瞒着他去找劳伯伦,要求劳伯伦取消这最后一场演出。她知道自己的要求很过分,甚至很荒唐,她实在不好意思说出理由,见劳伯伦不答应,也不敢再坚持。但她又想不出更好的办法,所以离开劳伯伦后,她就又去找好朋友商量,谁想偏偏就在这当儿,温克德让女佣去请来了劳伯伦……

劳伯伦得知了事情的前后经过之后,也懊悔不已,他连连向绿蒂莎赔礼道歉。可气头上的绿蒂莎却不肯原谅他,拿起电话就向警局报案,警察把劳伯伦押走了。

这时候,第二天晚上的演出票早已卖出去了,所以劳伯伦在警局里焦急万分,他倒不是为自己叫屈,而是担心在家乡的最后一场演出能否再举行。他不能对不起家乡人啊!

劳伯伦正想着,警察带着温克德的私人律师突然来了。警察通知劳伯伦可以走人;温克德的私人律师告诉他,受老爷当初的委托,律师刚才来警局出示了老爷生前亲笔写下的证明:喜剧大师劳伯伦先生是我特邀的客人,他为我专场演出,如果我出现意外,与他无关。

……

第二天晚上,喜剧大师劳伯伦在家乡科克镇的最后一场演出终于如期举行。演出中,全场掌声雷动,欢呼声经久不息,劳伯伦用前所未有的热情和高超精湛的演技,回应了全场观众的厚爱,他用一个比一个精彩的节目,把演出推向了高潮。可就在最后一个节目的最后一个动作完美亮相之后,劳伯伦突然倒在了舞台上……

人们在他身上发现了一份白血病晚期诊断书。

至此,喜剧大师劳伯伦的突然息演之谜,终于有了解答。

(龚立波)

(题图:佐　夫)

疑 谷 风 云

一种活生生的思想具有多种幅度，包括矛盾的观念，从而铸炼和谐的本质。

爱吹口哨的男人

最近,老孙有点怪怪的,每天跑厕所的次数明显增多。科室里的几个年轻人奇怪了:老孙这是咋的啦?

这天,老孙清早上班,一放下公文包就往厕所跑。

小王一看,冲大伙儿扮了个鬼脸,就蹑手蹑脚地跟了过去。他站在厕所门口,把耳朵贴着听。嗨,怪了,这老孙竟在里面吹口哨,那声音,简直就像是哄小孩在撒尿。

小王回来一说,大伙儿你看我、我看你,都猜不透老孙葫芦里卖的啥药。

小王憋不住了,又去了厕所,推门就闯了进去。

老孙正蹲着,一见他进来,立刻像被黄蜂蜇了似的,"噌"地一下站起来,脸涨得像猪肝,结结巴巴地说:"你……你这人……

进来怎么不先敲门?"

小王伶牙俐齿,开口就像连珠炮:"都是男人,你怕什么? 老孙,你说,你到底是咋回事? 上厕所还吹口哨? 再说了,你这到底是在大便还是小便? 要小便的话,怎么蹲着?"

老孙一听,哭丧着脸央求道:"哎,大兄弟,求你了,你就别问了,下班哥请你吃饭。"

小王看老孙这副可怜兮兮的样子,满腹狐疑地点点头。

下班后,老孙给老婆打了个电话,推说单位加班,吃饭不用等他,随后就和小王一起进了餐馆。

几杯酒下肚,小王迫不及待地开口问道:"老孙,说吧,咋回事? 有什么难处,哥们给你担着!"

老孙叹了口气,沉默了好久,才说:"唉,难以启齿呀! 实话实说吧,这一段时间,我真怀疑自己到底是不是男人了。"

小王惊讶得瞪大了眼睛:"有这么严重? 到底出啥事了?"

老孙耷拉着脑袋说:"唉,你上午都看见了! 我现在和女人一样,不蹲下去就尿不出来,蹲下去了,要不吹口哨,也尿不出来……"

小王急了:"我的妈呀,这算啥事儿呀?"

老孙红着脸,吞吞吐吐地说:"唉,不瞒你说,还都是搬新房惹的祸!"

老孙是半年前搬进新房的。新房里,卫生间离卧房远,中间隔着客厅、厨房,还有餐厅。每晚看电视时,老孙喜欢一杯接一杯地喝茶,所以躺到床上后,一个晚上要起来折腾好几回,而每上一趟卫生间,都要来回穿过客厅、厨房和餐厅,走好多路,烦透了。老孙于是就买了一个大痰盂,放在卧室里,便于方便嘛!

可谁知他老婆说,他要在卧室里方便,就必须和她一样蹲着用痰盂。为啥? 怕弄脏了铺在地上的漂亮地毯,那是他老婆千挑万挑挑来的。

可老孙一个大老爷们,是蹲着尿的人吗? 蹲下去,哪还尿得出来?

到底还是他老婆有招,给他出了个主意,说:"你就吹口哨吧,你儿子尿尿时不是一吹口哨就行了吗?"老孙一试,还真怪,只要口哨一吹,事儿就成了……

说到这儿,老孙只有苦笑:"现在呀,我落下这怪毛病啦,不怕你笑话,不吹口哨还真尿不了呢!"

老孙的话,把小王逗得哭笑不得:"唉,现在的男人怎么啦? 连尿尿都不会啦?"

(侯淑芝)

(题图:张 亮)

隔壁的鼾声

去年初夏，大老李去外地出差，车到目的地已是午夜一点。他本想在候车室里捱到天亮，可那里横七竖八躺满了人，连个插足的地方都没有，想想第二天还要赶十几里的山路，于是决定找个旅馆，好好休息一下。

大老李走出车站，沿街找了半天，旅馆都已挂了"客满"的牌子，后来好不容易发现有家小旅店灯还亮着，就推门走了进去。

这是一家由住家改建的私人旅店，进门便是廊厅，厅里摆着床和电视机，五十多岁的老板娘正躺在床上看电视，一看来了客，连忙起身，带大老李到客房去。老板娘指着一个半开着的房门说："就这间，平时15元一晚，照顾你是下半夜来的，给10元就行。"老板娘非常爽气，大老李给了钱，她转身带上门就出去了。

大老李抓紧时间倒头就想睡,可借着房间里昏暗的灯光一看,床单、被子和枕头那个脏,他直想吐。没办法,只好安慰自己:"权当就在车站蹲一晚吧,这里总算还能躺下来。"大老李连鞋也懒得脱,硬着头皮和衣往床上一倒,就闭上了眼睛。

这时候,房门突然开了,老板娘拿着暖瓶和水杯走进来,招呼大老李说:"给你送水来。"

大老李确实有点渴,可一想到那杯子也不会干净到哪儿去,就懒洋洋地说了声:"谢谢了,放那儿吧。"就又闭上了眼睛。

老板娘却没有马上走的意思,半夜三更的还给大老李套近乎:"你是头一次到我们这地方来?"

大老李只想早点睡觉,懒得和她说话,随口答道:"哪里是头一次,这地方我来得多了。"

谁知老板娘一听他这么说,马上就凑近问:"那……要不要我给你送个小姐来? 我们家有个咪咪小姐。"

大老李心里"别"一跳:莫非自己撞上黑店了? 吓得睁开眼睛就坐了起来:"不不不,我只是来睡觉的。"

老板娘笑了:"你放心,咪咪懂规矩,我又不多收你的钱,你急什么?"

大老李喉咙响了起来:"不要就是不要。你要硬送来,我立马就走。"

"好好好,"老板娘见大老李这个倔样,叹了口气,"都什么年代了,还这么死板!"她边摇头,边就嘀嘀咕咕地走了。

老板娘一走,大老李立即将房门锁插上,重新在床上躺了下来。可是不到两分钟,老板娘的声音又在他耳边响了起来:"咪咪啊,人家不要你这个小姐,我也没办法啊!"大老李一紧张,坐起来一看,房间里没人啊? 再一打量,发现自己躺着的床头上方,与隔壁房间相连的墙壁上,有个大大的窗洞,老板娘的声音就是从这个窗洞里传过来的,怪不得听起来就像在房间里说话一样。大老李吃不准这老板娘到底还要搞什么名堂,早知道这样子,刚才还不如蹲车站里呢,他心里懊悔死了。

就在这时,"砰砰砰"老板娘过来敲大老李的房门。大老李不想开,装睡,谁知老板娘见敲不开门,索性用钥匙开进来了。

大老李见那门锁原来是聋子的耳朵——摆设,气得板着脸说:"你怎么可以自说自话进来?你到底要干什么?"

老板娘却一点不生气,依然笑呵呵地说:"咪咪小姐喜欢陪客人睡觉,要不我领过来你看看,喜欢就留下……"

大老李气得一蹦三尺高:"我不会上你的当的!"他不想与老板娘啰唆,一把把她推出门,又掏出口袋里的手机,朝老板娘晃晃,"你要再敢进来,我就打110报警!"说完,"哐"把门狠狠关上了。

老板娘会不会再进来骚扰呢?大老李心里吃不准,但他打定主意,千万不能让女人走进房间一步,否则自己就是浑身长嘴也难说清,这种事大老李听得多了。他把房间里可以搬得动的桌子、椅子,都挪到门口叠起来,把老板娘刚才送进来的暖水瓶往床边一放,人靠在床头上休息,两只眼睛却没有离开那个窗洞半步。他想好了:不管女人从门里进来还是从这个窗洞里过来,只要来,就立刻高声大喊,坚决不让她靠近;如果她硬干,就先下手为强,把暖瓶甩过去,然后想办法夺门冲出去。他心里清楚得很,老板娘这么干,无非是想诈他的钱。唉,自己今天也不知哪根神经搭错了,鬼使神差竟找了这么一家黑店。

这时,外面走廊里传来一阵男人的咳嗽声。是老板?还是同伙?大老李再一次紧张起来:完了,今天难逃他们的手心,一定是相帮着编排自己来了!大老李赶紧把暖瓶拿在手里。

还好,是一场虚惊,因为大老李听老板娘招呼了一声:"厕所在那头。"看来,这男人是半夜起来上厕所的宿客。老板娘的脚步声远了,大老李这才松了口气,把手里的暖瓶放了下来。

外面一切都安静下来了,可是大老李睡不着,也不敢睡,从床头上的这个窗洞里,老是传来隔壁"窸窸窣窣"的声音。大老李觉得很奇怪:那个咪咪小姐到底在干什么哪? 为防不测,大老李悄悄把随身带的钱分开塞进鞋底和袜子里,他怕老板娘再耍什么花招。

一个小时过去了,又一个小时过去了,大老李发现隔壁"窸窸窣窣"的声音没有了,随之而起的是另外一种声音,非常有规律,仔细辨别,原来是轻微的鼾声。大老李不由长吁了口气,突然就觉得困顿极了,两眼一闭也迷糊了过去。

天蒙蒙亮的时候,大老李醒了,侧耳听隔壁,鼾声依旧,他不由心里一喜,轻手轻脚把叠放在门口的桌子、椅子移开,就溜出门去,恨不得一脚就逃出这个倒霉的旅店。

在走廊里,他发现隔壁房门半开着,心里猛地跳出一个念头:这咪咪小姐,到底是个什么样的女人? 他探头朝里一望,不由惊呆了,蜷卧在床上的哪里是女人,原来是一只大花猫,轻微的鼾声就是从它的鼻腔里发出来的。

"轻点,轻点,别吵醒了我的咪咪小姐!"老板娘不知什么时候突然就站在大老李面前,眯着眼说,"怎么样,后悔了吧? 这么好的小姐,还不要!"

"小姐? 明明是只猫,怎么硬说成是小姐? 害得我一夜没睡好!"

"啊?"老板娘的眼睛瞪得比大老李还大,"你真不知道? 我昨晚不是问你是不是头一回来,要不我早跟你说清楚了。我们这儿都这样,天生爱养猫小姐不算,就得让这宝贝晚上跟着陌生人睡,让它沾点儿财气回来,讨个吉利呗,要不怎么说'发财猫'呢? 谁知道你还这么小气!"

大老李想想自己一夜遭的罪,哭笑不得。

(唐　勇)

(题图:王申生)

不该漏扫的墓

有一个故事,说的是清明节给老人上坟的事,故事里的主人公叫石老板。不过石老板本来不姓石,是因为这几年做石材生意发了,那里的人就都这么叫他。

说起石老板这个人,年纪一大把,钱财一大堆,人们都说他是靠好政策先富起来的一个。可他总说自己是托祖宗的福,是自家的祖坟葬在风水宝地里,让后代沾了光。所以每年清明节,哪怕再忙,石老板也必定撂下生意,专程从城里赶回老家,把所有祖坟都认认真真地祭扫一遍,好让祖宗继续保佑他发财发财再发财。

这年清明节,石老板照例携妻带子从城里回来给祖宗上坟。不巧上完坟回城路上赶上一场雨,石老板因为急着赶路摔了一跤,把腰扭伤了。

本以为过一阵会没事,没成想回去以后他的腰越来越痛,最后竟痛得躺在床上起不来了。家人把他送到医院,医生开不出什么特效药,说只能慢慢治。可治来治去治了大半年,一直没见有多大的好转,把生意都耽搁了。

石老板愁死了,躺在床上整天唉声叹气。

邻居提醒他说:"从来不见你生病,怎么这次病得这么厉害?你不会上坟时留下什么差错吧?"

石老板心里一动:对呀,我这个腰就是在上坟回家的路上扭伤的,我怎么早没有想到这一层呢? 于是赶紧让这个邻居帮忙,请人算了一卦。果然,说是漏扫了一个祖坟。

石老板顿时就吓傻了,就是天大的胆儿给他,他也不敢对祖宗不敬啊! 可是扳着指头横算竖算,没发现漏了谁呀? 这事儿就奇了,石老板想来想去,想不明白。

那邻居见他整天愁眉苦脸的样子,就劝他说:"你不如回去问问你爹吧,自家祖上的事儿总还是自家人清楚。"

石老板一听邻居提他爹,就没吱声。原来他和他爹已经几年没见着了,他进城之后嫌他爹邋遢,住一起丢自己面子,于是和媳妇变着法子把爹赶回了老家。当初和爹已经闹翻了脸,如今有了难处倒要找上门去,爹会理睬吗? 可想来想去实在又没有更好的办法,石老板只好让邻居架着自己,硬着头皮去那个他已经生疏了的老家。

几年没见,石老板这回突然发现他爹老了许多,头发全白了,背几乎已经弓成了九十度,在踏进门的刹那间,他看到他爹那张布满皱纹的脸上,两只浑浊的眼睛里突然闪过一道亮光,可是立刻就消失得无影无踪。

石老板心里一动,自知无颜见爹,"扑通"一声跪了下来:"爹,儿子混账,儿子不肖,儿子今天向你赔罪来了!"

　　只见他爹浑浊的眼睛里滚出两颗豆大的泪珠。其实,当爹的哪天不盼着自己养大的儿子回来看看自己呀,可是儿子今天真来了,他却不知道说什么好了,况且他也猜不透儿子突然回来是什么意思。

　　他爹愣在那里,张了张口,什么也没说。

　　石老板此刻当然没有忘记自己回来的目的,他向爹一口一个"赔罪"之后,就费尽口舌让爹告诉他,他到底漏了哪一座祖坟没去祭扫。

　　爹盯着他看了半天,闷闷地叹了口气。

　　是爹不知道,还是爹不肯说? 石老板急得大喊一声:"爹啊,我给你磕头了,你就告诉我吧!"

　　他推开搀扶他的邻居,给爹磕起头来。一磕,二磕,三磕,磕完了就趴在那儿,怎么也不肯起来。可就在这时候,只听"嘎"一声,石老板突然觉得自己的腰一颤。怎么不痛了? 他试着站起来,居然能慢慢把身子挺直了,而且在屋子里走动起来。

　　石老板惊异万分,突然醒悟过来。他奔到爹面前,抱住爹的腿放声大哭:这漏扫的祖坟不就是自己的爹吗? 这几年爹过的是什么日子? 等于是被自己活活送进了坟墓!

(韦启智)

(题图:魏忠善)

夜半惊魂

　　姜大明是工学院大二的学生,和他同宿舍的几个同学晚上总是打牌到很晚,他十分恼火,于是就打算搬到校外去住。

　　这天,学校的广告栏里贴了一张新纸条,是水利系一个叫王小梅的女生写的。说她为了要静下心来写论文,已经在郊区租了一套两居室的住房,但为了减轻租费负担,同时也是从居住安全考虑,她想找一个本校的男生合租,条件是这位男生必须"遵章守纪",而且要身强力壮。

　　姜大明一看正中下怀,觉得自己很符合条件,而且关键是租金不贵,于是马上就给那个王小梅打电话。

　　两人很快在约定地点见了面。姜大明的身材、相貌和气质,王小梅一看就满意;而王小梅除了眼睛特别近视外,和别的女生没什么两样,姜大明猜想她肯定是那种读书特别用功的类型,和这样的女生做房客,自己应该没什么问题。

于是,两人一谈就妥,王小梅同意姜大明马上就搬过去。

当晚,姜大明夹着行李卷来到了王小梅的住地。

这是一座旧式的两层小楼,难怪租金便宜,里面的设备都很简易。王小梅简单给姜大明交待了住房情况后,就把房门钥匙交给他,然后就进里屋把门插上,继续写她的论文去了。姜大明在外屋把带来的行李稍稍整理了之后,就坐在台灯下看起书来。

姜大明这人什么都好,就是胆子有点小。此刻,他在台灯下坐了没一会儿,突然就感觉四周围一片静悄悄,只有窗外的树叶被风一吹,"沙沙"地响。他本已经习惯了男生宿舍闹哄哄的氛围,所以现在突然到这特别安静的环境里,反而吓得身上起了一层鸡皮疙瘩。

他越坐越害怕,一害怕,就想上厕所。

刚才王小梅已经指给他看过了,厕所在公用过道里,只有一个蹲位,男女通用的。厕所里外黑得伸手不见五指,姜大明找了半天也没发现电灯开关,他只好摸索着进去。

外面的秋风吹得糊在厕所窗户上的纸头"哗哗"直响,姜大明顿时想起小时候听过的鬼故事,不由毛骨悚然。他格外地轻手轻脚,生怕发出响声把鬼招了来。

上完厕所,姜大明回到房间后又看了会儿书,正准备睡觉,"吱呀"一声,里屋的门开了,王小梅出来了,她悄无声息地穿过姜大明住的外屋,出去了。她的脸上没什么表情,好像姜大明根本不存在似的,出门的时候,带进一股寒风,姜大明不禁打了一个寒战。

就在这时,厕所里的王小梅突然发出"啊——"的一声尖叫,这声音在深夜里听来,感觉格外恐怖,吓得姜大明一屁股跌坐在了地上。

怎么？第一个晚上就遇上鬼了？姜大明赶紧把皮带抽下来，握在手里当武器。可是一切又都突然恢复了平静，正在他不知所措时，王小梅进来了，没事人一样揉着眼睛对姜大明说："不早了，该睡了！"她走进里屋，"砰"的一下把门插上了。

就这样，一连好几天，天天如此，屋外是秋风瑟瑟，厕所里是王小梅的尖叫声，那声音在夜里听来，要多揪心有多揪心。姜大明吓得彻夜难眠，他很想问个究竟，可王小梅忙着写论文，根本不和他多说话。

这天下课后，姜大明忍不住去校医院找心理医生，问："大夫，如果一个人一切都很正常，可就是晚上总是毫无原因地尖叫一声，这是什么毛病？"

大夫问他："你能确定这其中没有任何原因吗？"

姜大明认真地点点头说："是的。"

大夫说："这还用问？精神病一个呗！"

啊！自己竟是和一个精神病女生住在了一起？姜大明只觉得后脊梁沟一阵冰凉。回去后，他想试试王小梅的智力，就敲开了里屋的门。

王小梅问他："怎么了？"

姜大明支支吾吾地说："树上一共有九只鸟，一个猎人开枪打下来一只，问树上还有几只鸟？"

王小梅两只眼睛直勾勾地看了他半天，说了声："神经病！"就"砰"地把门关上了。

天哪，这个王小梅一定有问题！她要是哪天发作了，那可怎么办？姜大明赶紧收拾东西，准备第二天一大早就向王小梅摊牌，无论如何，自己不能再和她合租下去了！

这一晚，姜大明根本就睡不着。

午夜时分，他突然感到肚子一阵阵不舒服，也不知道是紧张还是怎么的，于是就穿衣起来，轻手轻脚地摸到厕所里。

他在蹲位上足足耗了有一刻钟，还没彻底解决问题。此时，四周依然静得怕人，不多时，一种怪声音在他的耳朵边响起，姜大明的头发都直了起来，两条腿几乎要蹲不住了。

突然，他发现这声音停在了他脸上，难道……难道是蚊子？眼下都什么时候了，还会有蚊子？他抡圆了巴掌，照着自己的脸上"啪"地打了下去。

咦？奇迹出现了！他头顶上突然亮起了一盏明晃晃的灯，哈！好亮呀！

姜大明的眼睛都有些睁不开了，他眯缝着眼睛，看到厕所那扇小木门上贴着一张纸，上面工工整整地写着：不用别喊，节约用电，谢谢合作！

原来厕所里安了一盏声控灯呀！

难怪王小梅……

（徐　洋）

（题图：李　加）

www.ingramcontent.com/pod-product-compliance
Lightning Source LLC
Chambersburg PA
CBHW060826120626
46557CB00001B/390